Goethes Krafft
Jens Korbus

Bibliografische Information der Deutschen Nationalbibliothek:
Die Deutsche Nationalbibliothek verzeichnet diese Publikation in der Deutschen Nationalbibliografie; detaillierte bibliografische Daten sind im Internet über http://dnb.dnb.de abrufbar.

2. überarbeitete Auflage

Covergemälde: Edgar Degas, Selbstportrait,
Open Content Program, The J. Paul Getty Museum
Cover und Layout: Manuela Wirtz, www.manuwirtz.de

Herstellung und Verlag: BoD – Books on Demand,
Norderstedt

ISBN: 9783744873673

Goethes Krafft

eine Goethe-Novelle

Jens Korbus

KAPITEL 1

„DER VULKAN ist aufgebrochen", rief Goethe.

„Die Schlacht scheint gewonnen", sagte Krafft.

„Die Lava drückt in breitem Strom ins Tal. Ohne uns geht nun nichts mehr!"

„Leipzig scheint gefallen!"

„Was hat das mit Leipzig zu tun?", rief Goethe, „die Wissenschaft geht über die Nationen hinweg!"

„Ist der Franzose etwa nicht bei Leipzig geschlagen?", fragte Krafft.

„Ich rede nicht von diesen Dingen!", rief Goethe, „ich rede von meiner Farbenlehre. St. Hillaire hat endlich mir darüber geschrieben. Die Akademie hat sie akzeptiert. Heute, an diesem 21. Oktober des Jahres 1813, einem Donnerstag."

Vollkommener Stillstand der Gedanken! Hirnlähmung! Napoleons Truppen flohen nach Westen, lagen einquartiert in SEINEM Haus, biwakierten unter SEINEN Fenstern, und DER DA kroch einem kleinen Echo auf seine Irrlehre nach!

Goethe wippte mit den Füßen in den kleinen, absatz-losen Lederpfoten. Seine Fußspitze zeigte auf ein Bild ne-ben der Tür. Ein muskulöser Mann in zerrissener, orange-roter Toga saß auf einem dicken Delfin, der ihn von einem Schiffswrack im Hintergrund ans Ufer getragen hatte. Am Horizont das leckgeschlagene Schiff. Das Grau-Blau des Meeres war auch die Farbe der Tapete im Raum.

„St. Hillaire hat zugegeben, dass wir einen grünlichen Schein sehen, nachdem wir der Netzhaut ein rotes Glas vorhalten, einen roten Schein, wenn die Scheibe grün war. Das Bedürfnis nach Gegensätzen liegt also in unserem Auge. Ja, mehr noch! Es sitzt tief in der menschlichen Natur. Das Auge verlangt nach Totalität", fuhr Goethe fort, „und es bringt sie selbst hervor, wenn man sie ihm verweigert. Alle Wissenschaften werden sich umstellen müssen. – Ein Schlückchen Melnicker, Krafft? Ein Wasserweinchen, das sich leicht hinunterschleicht."

Krafft nickte. Er hieß gar nicht Krafft. Er hieß Johann Jakob Schwachinger. Aber DER DA hatte ihn vor zehn Jahren Krafft genannt und in Jena untergebracht. Zehn Jahre hatte er Spitzelberichte schicken müssen, was die Professoren lehrten, was die Studenten redeten.

Christiane betrat den Raum. Goethe bestellte den Wein „und den blauen Hausrock für Doktor Krafft. Er zittert ja vor Kälte." Vor zwei Jahren hatte er wieder nach Weimar gedurft, als Schnellschreiber und Ideenlieferant. Christiane brachte den Wein und schenkte ein. Sie ähnelte ihrem Bruder, dem Bibliotheksverwalter. Beide hatten den gleichen Zug von Verlassenheit im Gesicht. Vorsichtig half sie ihm in Goethes blauen Hausrock. Goethe saß dabei, als heckte er was aus. Er hat ja kaum noch Zähne, dachte Krafft. Aber er schaut, als wären alle seine Sinne zu EINEM angespannt. Dachte er an Flucht aus Weimar, falls die Franzosen die Leipziger Schlacht doch noch nicht ganz verloren hatten?

„Der Wein ist mir aufs Gedärm geschlagen", sagte Goethe, „ich will mich erleichtern." Er drückte die Hände auf den Rücken und ging in den Garten. Er wollte ins Häuschen, aber die Tür ging nicht auf. „Bitte sich zu beeilen", rief er. Eine Stimme sagte etwas Französisches. „Es eilt", rief Goethe.

Die Tür ging auf. Ein kleiner, französischer Soldat kam mit hängenden Gurten heraus. Goethe trat ein und setzte sich auf das warme Holz, ohne abzusperren.

Ein kleiner Fleck vor dem Brettlhaus war mit grauen Kalksteinen zugepflastert. Zwischen den Steinen wucherte Gras. Gestern während der Verrichtung hatte die purpurrote Abendsonne auf das Pflaster gestrahlt. Ihr roter Schein hatte das Grün der Grasbüschel unglaublich tief und schön leuchten lassen. Nach der Verrichtung hatte er lange ins Grün von Herters Wiese geblickt, dann ganz schnell auf die Baumstämme. Die hatten plötzlich einen roten Schimmer.

Jemand hatte einen weiblichen Unterleib aufs Wandholz geschmiert. Materie, Resultat des All-Einen: Das Weib! So weit würde es nicht kommen, dass die Männer sich ihm unterwerfen würden. Alle diese Frauen, die sein Haus bevölkerten, waren von IHM abhängig. Frauen UND Männer. Krafft, den Nützlichen, eingeschlossen. Vielleicht war Krafft gut und ER war böse. Böses als Akzidenz des Guten? Dann gäb's keine Hoffnung. Dann erst war das Böse möglich, und Tier, Pflanze, Mineral im Menschen litten arg. Damals in Frankfurt hatte er den gemütsschwachen Doktor Clauer, der auch im Hause wohnte, dreimal am Tag herunterführen müssen. Während der Gänge hatte er Prophezeiungen abgegeben: Mit dem Leonardoapparat über die Alpen wie ein Vogel! Das war das Einzige, das der Mensch nicht zuwege bringen würde.

Die Kutsche stand gedeichselt im Hof. Er konnte jederzeit weg. Er blickte durch die Ausfahrt. Im Muschelkalk des Frauenplans spiegelte sich die Nacht. Drei Männer unterhielten sich über den Raubmord am Weber Herter. Wahrscheinlich das Lösegeld verweigert. Marodeure zogen genug herum. Gierig lauschte man dem Feldscher, der Einzelheiten wusste. Dreimal hatte er in den letzten fünfzig Jahren mit der Grande Nation zu tun gehabt. Die Angst vor den Truppen des Tugendwächters im Jahr 1793. Die Einquartierung am Frauenplan 1806. Noch früher! Er war noch keine zehn Jahre alt gewesen, da hatten die Franzosen Frankfurt besetzt. Der Vater hatte in der Nachtmütze, die Mutter im Flügelhäubchen neben seinem Bett gestanden. Im Hirschgraben hatten Biwakfeuer gebrannt. Opa Textor redete mit den Fremden. Vom Roßmarkt her kreischten die Proviantschafe. Er hatte mit seinem Bruder Hermann-Jakob, der damals noch gelebt hatte, in den Hirschgraben geschaut, wo die Fremden ihre Zelte aufbauten.

Halb Frankfurt hatte gemunkelt, der Großvater, der Stadtbürgermeister war, habe den Franzosen kampflos in die Stadt gelassen. Warum hatte der Neunpfünder vor der Hauptwache nicht gefeuert? Der Vater war auf Friedrichs Seite. Seit dem Franzoseneinfall war ein Riß durch die Familie gegangen.

Jedes Haus hatte Einquartierung bekommen. Der Vater als Schwiegersohn des Stadtschultheißen hatte den Zivilgouverneur bekommen, Comte de Thoranc, der ein Ekzem an der Wange hatte und seiner Mutter Komplimente machte. Thoranc hatte das erste Gefrorene ins Haus gebracht. Die schöne fremde Sprache, die hinten im Rachen gesprochen wurde. Das flächige Gesicht des Grafen. Die starke Nase. Er sollte schon vor dem Handstreich, als Postillon verkleidet, in der Stadt gewesen sein. Er hatte die Zimmer mit den chinesischen Tapeten im ersten Stock bekommen, und hatte viel für die Stadt getan. Die Häuser hatten Nummern bekommen und die Straßen Ölbeleuchtung. In den Junghof war ein Theater gekommen. Der Großvater hatte ihm und der Schwester Freibilletts geschenkt. Der Graf hatte eine Liebschaft angefangen, von der ganz Frankfurt wusste: mit einer Malerin.

Draußen auf dem Frauenplan sangen sie ein Lied von Körner:

Und wenn sie winselnd auf den Knien liegen
und zitternd um Gnade schrein,
laßt nicht des Mitleids falsche Stimme siegen!
Stoßt ohn' Erbarmen drein!

Wer so was sang, wusste nicht, was man Rousseau und Voltaire verdankte. Zadig allein war's wert, der sich den Versuchungen der Astarte entzogen hatte. Der weiße Stier, der in der Nähe der Geliebten weidete. Der Weise Mambres, der sich von Gedanken nährte. Jean-Jaques, der in den Bekenntnissen mehr als Beichte ablegte: „Ich plane ein Unternehmen, das ohne Vorbild ist." Nicht das Verbrecherische war am schlimmsten zu sagen, sondern das Lächerliche und Schimpfliche.

Dann brennt sie an und streut es in die Lüfte,
was nicht die Flamme fraß!
Damit kein Grab das deutsche Land vergifte
mit überhein'schem Aas!

Das war kein Lied vom Krieg, in dem man sich ein Stück Land nahm und ins Kabinett zurückging. Diese Verse wollten sich im Leben verwirklichen. Konnte nicht irgendwo in einer Kellerkammer ein zweiter Robespierre hocken, der die Botschaft herausschrie, als habe sie ihm ein höheres Wesen eingepflanzt? Gab es solche Botschaften nicht auch im eigenen Werk? War Dorothea nicht während der französischen Umwälzung vertrieben worden? Hatte sich nicht Hermann, der Deutsche, ihrer angenommen? Hatte er den Herzog nicht unbedingt begleiten wollen, als es zweiundneunzig gegen den Franzosen ging? Hatte er Christiane nicht erst geheiratet, als sie sich im Haus zwischen ihn und ein paar Franzosen geworfen hatte?

KAPITEL 2

IN EINEM französischen Linienregiment dienten die Grenadiere Le Grand und Seignerolles. Le Grand war ein magerer, verwachsener Bursche mit einem Gesicht wie eine verweste Löwenschnauze. Seignerolles viereckiger Kopf saß auf einem dicklichen, kraftvollen Körper. Le Grand hatte im Waschhaus von Avignon gearbeitet und abends die Pferde der Poststation versorgt. Während die Reisenden auf den Pferdewechsel warteten, zeichnete er ihre Köpfe und träumte, vom Verkauf der stereotypen Portraits zu leben.

An einem Märzabend des Jahres 1812 hatte er im Hof der Poststation damit herumgeprahlt. Seine Zuhörer, zwei französische Offiziere, merkten, dass er sich der Wehrpflicht entzogen hatte, und nahmen ihn mit. Am nächsten Tag hatte er einen blauen Rock an und fand sich im Carré eines französischen Exerzierkorps wieder. In der Schlacht von Bautzen bekam er einen Streifschuss am Arm und lernte im Lazarett Seignerolles kennen, der sich schon im vergangenen Winter freiwillig gemeldet hatte. Er sah Le Grands Zeichnungen und nannte die Stümpereien „wahre Kunst". Wenn der Krieg gewonnen war, würden sie sich zusammentun. Le Grand als berühmter Maler und Seignerolles als sein Agent.

Dazu mussten sie aber erst mal überleben. Wann immer es ging, ließen sie sich von Linie oder Carré überrollen und nahmen den Verwundeten das Geld oder die letzte Ration ab. Wer so aussah, als würde er doch noch überleben, den stachen sie ab. An den Tagen nach ihren Raub- und Mordexzessen fühlten sie eine Leere im Kopf wie nach einem Kater, mit zugeschwollenen Augen und Gestank aus der Schnauze. Mit der Zeit kamen sie darauf, dass das Ausplündern der eigenen Leute immer gefährlicher wurde, falls doch mal einer überlebte. Sie unterhielten sich oft darüber und fassten den Plan, in einer besetzten Stadt einen reichen Bürger zu entführen und sich mit dem erpreßten Geld in Hyeres niederzulassen.

Im September 1813 wurden sie vom 4. Korps in Lindenau unter General Bertrand nach Leipzig verlegt und wohnten einen Monat in der Großen Feuerkugel, jenem sechsstöckigen Mietshaus, in dem Goethe die Jahre 1765 bis 1768 mit Schreiben, Zeichnen und der genauen Planung seiner Zukunft verbracht hatte. Aber im Oktober 1813 stürmten die Preußen die Stadt. Sie wurden nach Liebertwolkitz verlegt und sahen Napoleon und den Fürsten Poniatowski übers Feld reiten. Dann liefen die Sachsen zu den Preußen über, und der französischen Artillerie ging die Munition aus. Le Grand und Seignerolles spürten mit dem Instinkt der Fledderer, dass die Schlacht verloren war. Vor der plötzlich einsetzenden Kanonade flohen sie in Richtung Zschocher, wo wie sich einem rheinwärts fliehenden Regiment anschlossen. Am Abend des 20. Oktobers waren sie vor Weimar, wo sie die Nacht in einem Laubwäldchen an der Ilm verbrachten. Aber die Gegend wurde von den Kosaken des Generals von Bock durchkämmt, und so stahlen sie sich am 21. Oktober frühmorgens nach Weimar hinein, wo fast achttausend Soldaten ungeachtet der vor Leipzig tobenden Kämpfe nebeneinanderlagen. Zwischen den Kolonnen von französischen Reservisten durchstreunten sie die Stadt und musterten die schönsten Bürgerhäuser nach einem Opfer für die geplante Entführung durch, die sie „le grand ravissement" nannten. Die meisten Leute standen vor einem Haus auf einem großen Markt, der sich Frauenplan nannte, zeigten mit dem Finger auf ein großes, gelbes Haus, das wie eine Kanzlei aussah und sagten dabei immer wieder das Wort Minister. Weil aber die Leute vor dem Haus mehr und nicht weniger wurden, ließen sie den Plan fallen, und suchten sich das Nachbarhaus aus, in dem der Weber Herter wohnte.

Le Grand brach mit dem Seitengewehr die Tür auf. Herter saß im Speisezimmer am Tisch. Er sah die beiden Fremden, schrie und hörte nicht eher auf, bis ihm Le Grand die Pranke auf den Mund legte und ihn erstickte. Dann setzten sie sich an den Tisch und aßen weiter. Sie plünderten die Speisekammer und fraßen sich mit Pökelfleisch und eingeweckten Früchten voll. Dann legten sie sich nebeneinander in Herters Bett und schliefen bis abends. In der Dunkelheit gingen sie durch die Hintertür nach draußen und sahen in Goethes Garten, der direkt an den Garten Herters grenzte, Goethes Brettlhaus. Bei seinem Anblick spürte Seignerolles ein Rühren im Darm, verrichtete seine

Notdurft und war dabei von Goethe gestört worden. Hinter den Blumenbeeten versteckt, beobachteten die beiden Goethe und machten sich rasch klar, dass er und kein anderer der Minister sein konnte, von dem die Leute so ehrfurchtsvoll gesprochen hatten. Sie wollten ein wenig warten, ihn oder seine Bedienten mit Steinwürfen nach draußen locken und ihn dann irgendwie in ihre Gewalt bekommen.

KAPITEL 3

VOR DEM Schwan hatten sie zu Ende gesungen. Goethes Kopf war heiß. Er wollte nachsehen, ob die Kutsche reisefertig war, falls die Franzosen doch noch kämen. Das schwarze Holz. Die gelbe Polsterung. Kennst du das Land, wo die Zitronen blüh'n? Es war Vollmond.

Mit zwanzig hatte er zum ersten Mal - bei Vollmond übrigens - den Mond- und Kerzenschatten eines Holzstabes auf ein Blatt Papier fallenlassen. Der Mondschatten hinter der Kerze war rötlich gelb, der Kerzenschatten hinter dem Mond war blau. Brachte man die beiden zusammen, wurde der Kerzenschatten schwarz. Fast schwarz. Es war auch noch etwas Blau darin, weil es das Auge wollte. Oft sah man darin noch ein gelbes Rot.

Auf Blau und Rot folgte oft die Gegenfarbe der Gegenfarbe: meergrün. Er war damals wie betäubt gewesen. Das Auge brachte also die Farben durch Wille und Vorstellung hervor. War es wirkliche Erkenntnis oder nur ein Taschenspielertrick? Ich weiß, dass dem Menschen seine Wünsche Wirklichkeiten sind ...

Als Zwölfjähriger in Frankfurt hatte er eine Kladde gehabt, die war von Dr. Clauer schwarz und gelb gebunden wurden. Links standen die deutschen Wörter, rechts hatte er dem Vater die lateinischen hinschreiben müssen. Hatte er nicht die meiste Lebenszeit damit verbracht, Gegenstände, die diesen Wörtern entsprachen, zu finden? Hatte nicht jeder Mensch so eine Kladde im Kopf und strebte seinen ersten Worten nach? „Nomen praetextum" hatte da gestanden. Das war ein verkappter Name. Er war wochenlang unerkannt durchs Land gezogen. „Der Königin Oberstallmeister": er hatte die Oberstallmeisterin gewonnen. „Sich eine prächtige Equipage anschaffen": er lag darin! Der „Landmiliz" und der „Leibgarde" erteilte ER Befehle. „Jedermann war erstaunt über seine Karriere". „Unpaß" war er oft, und seine Gäste hatte er immer „Herrlich bewirtet". „Ein Kammerfräulein"? Er hatte ein Mädchen geheiratet, das sich so benahm. „Der junge Adel"? Das war er selbst. Seine „Canonisation" erlebte er zu Lebzeiten. „Leibrenten" bezog er aus dem väterlichen Erbe und aus der Schatulle des Herzogs. Auch die Bücher brachten was ein. „Das Rekrutenwerben" hatte er lange besorgt. Händeringen, Gejammer, Bestechungsversuche. Auf einem „Transportschiff" war er von Neapel nach Messina übergesetzt. Und „jedermann war erstaunt darüber", dass er, so kränklich in der Jugend, die Kron' alleine nahm.

Als er vor achtunddreißig Jahren zusammen mit Kalb hier angekommen war, hatte er sich schon nach paar Monaten gelangweilt. Er war in ein System von Erwartungen eingetreten. Es gab kein Wollen mehr. Er hatte sich an die Oberstallmeisterin von Stein gehalten. Ohne ihre Ratschläge hätte er das erste Jahr nicht überlebt. Sie wusste, wie man einen jungen Fant bei Hof darstellte. Fischkalt hatte sie ihn gelehrt, geliebt und am Faden gehalten. Die Adelsworte waren auf ihn herabgeprasselt, wenn sie spürte, dass er eine andere im Kopf hatte. Der Verlust von contenance! Ihre Eifersucht! Er hatte geschwiegen, bis er ihr alles abgeschaut hatte, den Herzog fest an sich gebunden. Von grüner Saat umwogt, vom Rohr umschlossen. Was hatte er wegen ihr nicht alles sausen lassen? Er hatte so ehrlich wie möglich gelogen. Einmal hatte er ihr geschrieben, sie habe außer den Steinen keine Nebenbuhlerin. Ha! Die Steine buhlten stark. Manchmal hatte sie Armbänder und Ringe bei ihm vergessen. Dann hatte er so getan, als mache er sich Vorwürfe.

KAPITEL 4

KRAFFT HATTE im Junozimmer eine Viertelstunde gewartet und schließlich Christiane gefragt, wo Goethe sei. Sie sagte, der Geheime Rat gehe abends öfter mal spazieren oder mache Besuche. Krafft dachte: Aber nicht in so einer Nacht. Er ging in den Garten. Die Tür des Brettlhauses stand offen. Er schloss, dass Goethe sein Geschäft beendet habe. Die Kutsche stand schwarz-gelb, offen im Innenhof. Der Frauenplan war voller Biwakzelte. Ein paar Pferde wieherten. Er ging noch mal zur Gartentür und blieb unter der überdachten Traufe stehen, als sich von rechts ein Flintenlauf an seine Schläfe schob. Jemand sagte: „Garde-à-vous! Suivez-moi!" Ein Seitengewehr kitzelte seinen Rücken und zwang ihn nach rechts in Herters Scheunendurchgang.

Ich bin ja gefangen, dachte er, mitten in Goethes Garten. Ein Kriegsgefangener, ohne je im Leben ein Gewehr angefaßt zu haben. Er blickte sich um und sah einen blauen Rock. Eine zweite Stimme sagte: „Prisonnier de guerre!", piekte seinen Rücken mit dem Bajonett und trieb ihn aus Herters Garten in die Ackerwand. Dort standen drei Männer, der Schwanenwirt, Schuhmann und der kleine Böhme. Die feuchten Beete rochen nach Dünger und Kompost. Der Geruch der Pferde. Warum gerade ihn?

In letzter Zeit hatte man von Lösegeldforderungen gehört. Aber für ihn zahlte keiner was. Das einzig Wertvolle an ihm war Goethes gewendeter blauer Hausmantel. Und wenn sie ihn verwechselt hätten? Rechtmäßiger König, er kehret zurück. Den Treuen verleiht er entwendetes Glück! Er musste Ruhe bewahren.

Das Wort Ruhe brachte Angst. Aber es war nicht die Angst um den Brotgroschen für die nächste Woche oder vor den Kosaken, wenn sie betrunken durch Weimar ritten und nach Scheiben und Turmhähnen schossen. Auch nicht die Angst um die kleine Freundin, die im „Erbprinzen" bediente, und dass sie mal zu einem anderen gehen könnte. Es war ein Gefühl, als habe er sein Heiligstes, Kostbarstes ganz ohne Not in den Besitz des ANDEREN gegeben. Wie manchmal, wenn er zum Rapport oder zum Erzählen hinbestellt war. Als habe er seinen geheimsten Schatz hingeschenkt und könne nichts mehr zu Papier bringen. Als habe der ANDERE den Stempel des Besatzers nicht nur auf alles Gedachte gedrückt, sondern auch auf das, was noch ungedacht in seinem Innern ruhte. Als besitze DER

ANDERE nun alles, was man in den stillsten heiligsten Stunden durchträumt und in Worten empfangen hatte.

Als ihm das nach seinem dritten Besuch klar geworden war, hatte er sich für tollhausreif gehalten. Nach ein paar Monaten hatte er erkannt, dass wirklich etwas zu DIESEM floß, ohne dass er was dagegen tun konnte, ER saß ihm gegenüber und ließ es einfach bei sich ankommen. Eine Zeit lang hatte er ein Mittel dagegen gefunden. Er durfte nicht daran denken, was er schreiben wollte. Er durfte sich nicht mal im Kopf damit brüsten. Dann blieben die Gedanken bei ihm.

Sie waren vor dem Römischen Haus angekommen. Die zwei Embleme rechts und links wirkten wie Augen, die Tür zwischen den Säulen wie eine Nase. Der Kleinere, ein Verwachsener mit knochigen Jochbögen, die dunkle Schatten auf die Augen warfen und einem Seehundbart bis weit über die Lippen, wollte mit dem Seitengewehr das Schloß aufbrechen. Aber es widerstand.

„Laisse tomber, Jean-Christophe", sagte der Dicke, „nous trouverons bien une autre cachette pour le ministre!"

„Voilà, Baptiste", sagte der Stämmige, den Krafft jetzt genauer mustern konnte. Er war ein übler, mittelgroßer, fetter Bursche mit einem falschen Blick seitlich aus den bösen Augen, wie zugewachsen von zwei roten Tränensäcken. Ein Blick, der sagen wollte: Nur ruhig, dich kriegen wir auch noch, Bürschchen! Er hatte fast kein Kinn, und die Backen wuchsen direkt aus dem schmutzigen Uniformhemd. Er spannte noch einmal sichernd zwischen den vier weißen Säulen hindurch, musterte misstrauisch die kleine Bronzetafel mit SEINEN Versen: Gebet jeglichem gern, was er im stillen begehrt! Schaffet dem traurigen Mut, dem zweifelhaften Belehrung! Aber es war keine Anweisung, wie man ins Haus gelangen konnte. So wandte er sich wieder dem Kumpan zu und sagte: „Faisons demi tour!"

Sie schoben ihn die nassen, rutschigen Ilmwiesen hinunter, und dann sollte er auch noch zusammen mit den beiden durch den flachen, aber schnell strömenden Fluß. Schon die Ufersteine waren gefährlich naß und moosbewachsen. Der, der Baptiste hieß, gab dem anderen sein Gewehr. Der hielt es mit seinem eigenen über dem Kopf und faßte ihn am Arm, zur Sicherheit, vielleicht auch, damit er nicht wegrutschte. Das kalte Wasser, wie eine Parforcepeitsche an seinen Waden. Mit Mühe hielt er sich aufrecht. Christophe half ihm. Die Beine starben ab. Er würde untergehen und alles hinter sich lassen. Aber Christophe hielt ihn so fest wie der Hufschmied das Eisen.

KAPITEL 5

IM KLEINEN Eßzimmer hörte Christiane Krafft nach unten gehen und wandte sich wieder dem Menüzettel für den nächsten Tag zu. Es war ein Donnerstag. Sie hatte noch gesalzene Makrelen im Faß. Die konnte man mit Kroketten und Wintergemüse in einer Kräutersoße auf den Tisch bringen. Man würde Soldatengäste im Haus haben, die scherten sich wenig um hohe Küche. Der Meinung war ihr Geheimrat auch, der jetzt sicher durch die Stadt strich, Besuche machte oder den Leuten in die Fenster guckte.

Am Ende saß er bei der Stallmeisterin herum. Nein, die hockte allein in ihrer Wohnung am Ende der Seifengasse und legte ihrem Spitz die Karten, wenn sie nicht gerade den Bedienten auszankte. Sie aber, das Mädchen aus der Hefe, war seit sieben Jahren ehrlich mit IHM getraut und hatte vier Bediente.

In der Küche brieten die Sonntagsenten hinter einem Röstschirm. Der Geruch zog nach oben ins Esszimmer. Sie öffnete das Fenster zum Hof und lauschte nach unten. Am Ende war Krafft schon fort und stichelte auf dem Markt über „die elenden häuslichen Verhältnisse" des Doktor Goethe. Ehrbare Dirne! Vom Bettschatz zur Hausherrin. Die Ehe beruhte auf der Hingabe an einen einzigen Menschen. Sie hatte sich hingegeben. Nur manchmal wurde ihr ein bisschen mulmig, wenn sie zu viel tanzte, mit den Theaterleuten herumzog und er auf den Soireen seine Äugelchen machte. Weder Minchen Herzlieb noch Sylvie von Ziegesar hatten es geschafft. Und wenn er für die Leute was Neues zum Lesen machte, fragte er vorher sie und nicht die Stein. Gelegenheitsliebschaften! Sie war ja auch mal eine gewesen. Damals als sie noch in der Blumenfabrik von Chatullier Bertuch gearbeitet hatte. ER war auch mal da gewesen in dem großen Raum unterm gebrochenen Dach, wo's im Sommer zu heiß und im Winter zu kalt war. Er hatte Besucher herumgeführt, und sie hatte am brettternen Werktisch gesessen. Die Tapete blätterte von den Wänden! Die eingestaubten, kartonüberladenen Regale! Sie hatte sich geschämt, als SEINE Augen von ihr zu dem kleinen Windofen in der Ecke, zum Leimtopf, zur Schere, zu Zange, Draht, Watte und dem bunten Papier gewandert waren. Die Seide für die Blumen, die einen Kreuzer kosteten, wenn sie fertig waren. Er hatte ein paar Mädchen angeredet und ein bisschen geschäkert. Die Sachen, die er schreibe, seien auch Kunstblüten. Dann hatte er Demoiselle Schellhorn gefragt, ob sie sonntags zur Kirche gehe.

Die hatte ja gesagt, obwohl sie seit Jahren keine mehr von innen gesehen hatte, höchstens Wirtshäuser oder Schlimmeres. Hinterher hatten sie eine Woche davon geredet. Danach waren es wieder die alten Themen gewesen: Die war schwanger, die in Adelshand. Die hatte einen Kater. Die roch aus Kleid und Poren, weil sie die Nacht durchtanzt hatte. Wenn eine mal den grün umwickelten Stängeldraht verkehrt durch die Blüte zog, lachten alle. Unten streunten immer ein paar Nichtstuer vorbei und riefen was hoch.

Wenn es zwölf schlug, hatte jede von ihnen was auspacken dürfen, Schmalzbrote, einen Zipfel Wurst, ein bisschen Rahm oder Gerstenbrei! Arbeiterinnen? In seinen Büchern kamen keine vor, hatte sie sich sagen lassen. Ab und zu mal ein Kätchen oder Gretchen aus dem Volk. ER hatte aber nie auf sie herabgesehen, denn er hatte ihr Vorleben genau ausgeforscht, und wusste nur zu gut, dass sie aus einer Familie stammte, die mehr Gelehrte hervorgebracht hatte als jede andere in Weimar. Sie wusste, dass er sie schon lange ausgeguckt hatte, wie der Hermann die Dorothea in seinem Roman. Vielleicht schon zweiundachtzig, als ihr Vater die Dummheit mit den Fouragegebühren gemacht hatte und ER der Familie ein Gnadenbrot von zwölf Reichstalern und zwölf Scheffeln Korn besorgt hatte. Sie hatte damals die Bittschrift im Conseil abgegeben und ihn dabei das erste Mal gesehen: ein ausgewachsener, stattlicher Kerl mit einer langen, geraden Nase und einem harten Zug um Kinn und Mund. Er hatte neben

Fritsch gesessen und sie mit dem Blick gemustert, den sie von anderen kannte, dem Verschwiegenheitsblick. Da hatte sie gleich gewusst, dass was kommen würde. Sie hatte aber lange darauf warten müssen wie Penelope auf Ulyss. Denn er war in Italien gewesen, um ein größerer Könner zu werden. Sie hatte lange nichts von ihm gehört. Dann hatte ihr Bruder beim Freiherrn von Soden im Fränkischen den Abschied nehmen müssen. Es bestand die Gefahr zu verhungern. ER musste davon gehört haben, denn irgendwann hatte sie mal sein Lakai besucht und ihr gesagt, er würde dann und dann auf sie warten, wenn sie ihm auf der Sterntorbrücke mal eine Bittschrift geben wollte. Da hatte sie gewusst, dass die Zeit gekommen war. Drei Wochen später wohnte sie bei ihm. Aber sie war in eine komische Gesellschaft geraten, denn der Maler Meyer aus der Schweiz war auch ins Haus gezogen und hatte zehn Jahre bei ihnen gewohnt. Goethe hielt viel von ihm, vor allem in künstlerischen Sachen. Sie hatte gehört, wie er mal zu ihm gesagt hatte: „Dass wir uns gefunden haben, ist eines von den glücklichsten Ereignissen meines Lebens." Meyer hatte einen gutmütigen Blick und sollte eine schöne Seele haben. Aber sie waren nie richtig allein gewesen. Sie hatte es aber nur gedacht und nie gesagt. Sie war oft alleine gewesen, weil er so oft in Jena oder in den Bädern war. Sie hatte zu trinken angefangen, erst Wein, dann Likör. Aber er lebte ja auch nicht wie ein Klosterbruder. Manchmal brauchte er schon zum Frühstück eine ganze Flasche Roten und hinterher erst den Tee mit Geflügel und Brot.

KAPITEL 6

DIE GLOCKE läutete. Christiane lief zur Tür hinunter und öffnete. Draußen stand der Schwanenwirt.

„Er macht einen gramselig mit seiner Späte", sagte sie. „Ich bin noch am Kochen. August bringt das Weingeld morgen!"

„Es ist nicht wegen dem Geld", sagte der Wirt, „Schumann, Böhme und ich haben gesehen, wie zwei Franzosen den Geheimen Rat wegbrachten. Da wollten wir ..."

„Goetheeee", rief Christiane. Aus der Mansarde antwortete nur ihr Sohn. Sie ließ den Wirt vor der Türkette stehen und lief durch die Etage. Goethe war nicht da. Unten stand immer noch der Wirt.

„Wo soll es denn gewesen sein?", fragte sie.

„An der Ackerwand", sagte der Wirt. „Ich, Schumann und der kleine Böhme sahen es. Zwei Franzosen kamen mit Bajonetts und trieben ihn durch den herrschaftlichen Küchengarten. Richtung Ilm."

„Was hat er denn angehabt?", fragte Christiane.

„Einen Hausrock", sagte der Wirt, „ich glaube sogar, mit Orden."

„Er hat also alles gesehen und hat nicht geholfen? Man hätte Ihn ins Gebüsch spritzen sollen!"

Sie schlug die Tür zu. Und sie hatte geglaubt, Goethe könne sich noch mal scheiden lassen und was Höheres heiraten. Jetzt war er weg. Nur sein Hut hing dort auf dem Haken. Was war sie denn ohne ihn? Man würde nicht mal ans Fenster kommen, wenn ihr Wagen auftauchte. Außer der Schopenhauer und ein paar Theaterweibern ließ sie schon jetzt keiner mehr ein. Draußen brabbelte der Brunnen. Kosaken biwakierten davor. Oder waren es Franzosen? Jetzt musste der Sohn der Vater der Mutter sein. Er war praktisch und klug und liebte den Vater wie einen Gott. Sie stieg zur Mansarde hoch. August saß in seinem Arbeitszimmer und ordnete Napoleonbilder nach Größe und Farbe.

„Hast du gerufen?", fragte er.

„Der Vater ist fort", sagte Christiane.

„Er wird in Jena sein!", sagte August.

„Er ist entführt!", sagte Christiane, „Zwei Franzen haben ihn mitgenommen, vielleicht, weil sie ihn für einen Minister hielten! Was fangen wir nun an? Laß' dir nur recht bald was einfallen! Wie mir das leidtut!"

„Kann man ganz sicher sein?", fragte August. „Hat es jemand gesehen?"

„Der Schwanenwirt. Schumann und der kleine Böhme! Doktor Krafft ist auch fort. Wenn sie nur nicht allen beiden an die Krägen sind!"

„Trinken Sie einen Schluck", sagte August.

„Er ist fort", sagte Christiane. „Doktor Krafft ist auch heim." Krafft war genauso ein armes Schwein wie das ganze versprengte Vulpiushäuflein. Onkel Christian, der nach jeder Fliege schnappte. Hier ein Singspiel, da eine Übersetzung oder ein Roman, der gleich nachgedruckt wurde. Wer war denn die Mutter? Hatte sie nicht zusammen mit ihm in der Kammer essen müssen, wenn der Vater Tischgäste hatte? Über alles und jedes hatte er Beichte ablegen müssen. Ob ihm zwei Täubchen gestorben waren, was sein Milvusfalke zum Frühstück bekommen, was er gegessen, wen er getroffen, wie er geschlafen, wen er geliebt, gehasst. Erst hatte er geglaubt, die Beichte befreie ihn. Dann hatte er gespürt, dass der Gedanke sich nicht mehr zur Tat entfalten konnte, wenn er gebeichtet war.

„Der Vater ist ein großer Mann, aber er will mir zu tief in die Seele. Er hat eine Macht über mein Herz, wie sie kein Mensch über ein anderes haben darf."

„Wir wären beide Waisen", sagte Christiane, „ich bin doch auch sein Kind."

„So dürfen wir nicht sprechen" sagte August, „als sei er nicht mehr! Natürlich wäre ich froh, frei zu sein! Aber ich bin es nicht. Es tut weh!"

„Zu wem sollten wir denn gehen?", fragte Christiane.

Es gab niemanden in ganz Weimar, der seiner Mutter öffnete – außer Madame Schopenhauer.

Und ihm? Fritsch, von Müller, Einsiedel, Egloffstein?

„Und wenn man die Frau von Stein fragte?"

Der Vater hatte die Frau von Stein einmal eine Pfauhenne genannt. Auf den ersten Blick wirkte sie einfältig. Aber sie war die Freundin der Herzogin. Als Dreizehnjähriger hatte er sie oft besucht. Ihr selbst gemachtes Konfekt und die sächsische Apfeltorte hatten geschmeckt. Sie hatte ihm aber nie ein Glas Wein oder Champagner gestattet, wie seine Mutter. Einmal hatte sie ihm einen selbst genähten Geldbeutel und eine bestickte Mütze geschenkt. Die hatte er lange getragen, denn er hatte sich darin gefallen. Sie hatte ihn ein bisschen erzogen.

Man sagte nicht „Potz Blitz" oder „Alle Wetter". Er brachte ihr Spargel und Gemüse oder Milch von Herters Ziegen. Sie schenke ihm schon mal einen Vogelbauer oder zwei Groschen.

„Ich gehe!", sagte August.

„Ich will nicht gramselig sein", sagte Christiane, „Aber das ist eine Sache unter Frauen. Wenn es auch hoffentlich kein Canossagang nicht wird."

„Die Stein kennt Luise. Herzogin heißt Herzog. Herzog heißt Napoleon, und der wird noch einige Macht über seine Janitscharen haben."

Sie zog ihren roten Wollmantel an. August schloss die Tür. Nach rechts in die Seifengasse. Durch die Häuserzeile.

Es war ja nur ein kleiner Dank. Sie hatte immer zum Tanzen gedurft, nach Jena, Rudolstadt und Erfurt. Zum Tanzen brauchte man Tänzer. Gute Tänzer waren kühne Tänzer. Die wollten mehr, als man geben durfte. Deshalb waren ihre Courschneider immer jünger geworden. Die Jüngeren ließen sich besser hinhalten. Sogar ein Voltigeur war mal darunter gewesen. Nie hatte ER ein Wort darüber verloren. Nur das Bübchen hatte darunter gelitten: Wie die Mutter, so der Sohn, hatte man hinter der Hand geflüstert. Aber auf den Hofbällen tanzte die Stein auch bis zum Umfallen. Das war ihre Gemeinsamkeit. Einmal hatte sie ihren August einen Faulconbridgen genannt. Das war der ungetaufte Bastard aus Shakespeares „König Ohneland". Die Seifengasse wurde enger. Rechts stand das Haus, wo der Ihrige einundachtzig, zweiundachtzig gewohnt hatte. Tür an Tür mit der Stein. Da hatte sich Barthel den Most geholt. Die Gasse senkte sich. Rechter Hand lag das massive, graue Haus. Sie sollte im linken Anbau wohnen. Das kleine, goldene Schild neben dem Klingelzug: „Von Stein!"

KAPITEL 7

CHARLOTTE VON Stein war mit sechzehn an den Hof gekommen und mit achtzehn Hofdame geworden. Die Ehe mit dem herzoglichen Stallmeister hatte ihre Mutter arrangiert. Stein hatte ein schönes Einkommen und das Wasserschloss in Kochberg in die Ehe gebracht.

Von ihren sieben Kindern hatten nur die drei Söhne überlebt. Ihr Mann hatte Favoritinnen. Sie musste sich auch jemanden suchen, wenn sie überleben wollte. Schließlich war Goethe ihr Freund geworden.

Sie hatte geglaubt, sie benutze ihn, hatte ihn zwischendurch auch mal ein bisschen zappeln lassen. Aber er hatte sich ihrer Intrigenkunst bedient, um sich nach vorn zu schieben. Zehn Jahre später, als er fest im Sattel saß, hatte er sich die Vulpius genommen und ihr gezeigt, was er von ihr und ihrer Klasse hielt. Oft hatte er ihr im Dunkeln gegenüber gesessen, und sie hatte gespürt, dass hinter seiner Stirn etwas vorging, das sie nicht begriff. Aus seinem Kopf floß es auf's Papier. Wenn man's in einem Gedicht las, war es meist zu spät. Nicht, dass er einem die Gedanken genommen hätte. Er verwandelte ihre Gedanken in Gefühle, las sie auf eine undurchschaubare Weise, verwandelte sie wieder in die normale Sprache und hatte sie einem damit genommen.

In dieser Nacht saß sie im blauen Salon, eine Tasse Schokolade vor sich. Der Spitz schlief auf der Setille. Heute würde nichts mehr passieren. Das Klappern der Pferdehufe stammte vielleicht schon von flüchtenden Franzen. Vor Leipzig hatten sie den großen Mörder endlich zu fassen bekommen. Seine Horden flohen westwärts. Das hatte sie gehofft. Sie wusste, dass Goethe anders darüber dachte, den Zauberlehrling declamierte. Man werde die gerufenen Geister nicht mehr los. Ihn war sie ja auch nicht mehr losgeworden. Sie hatte ihn zu brauchen begonnen. Für sich und ihre Verwandtschaft, deren Bezüge er durch Sitz und Stimme im Conseil erhöht hatte.

Die Hofdame aus schottischem Adel. Der bürgerliche Novize aus Frankfurt.

Im Jägerhaus. Im Gickelhahn. Von reifer Saat umwogt, vom Rohr umschlossen. Damals in Blankenhain, als uns die Käfigvögel so früh weckten. Dem süßen kleinen Bürgernkecht Tee und weißes Brot ans Bett gebracht. Unterricht in Contenance. In Liebe. In Menuett. Sein hessischer Akzent. Aber er war ein vollwertiger Mann. Nicht so satt wie Stein. Er revanchierte sich wie alle geretteten Selbstmörder.

Bis zweiundachtzig hatte er nicht an der Fürstentafel essen dürfen. Er hatte die Zähne zusammengebissen. Sie hatte seinen Wunsch nach Rache gespürt und den Fandango für ihn getanzt. Das beruhigte ihn. Als ihr Mann, der damals noch lebte, ihn mal geärgert hatte, hatte sie unterm Tisch seine warme Hand in den Mund genommen. Das hatte ihn versöhnt. Bis er die Hure aus der Luthergasse zu seinem Klärchen gemacht hatte. Sie hatte es nicht geglaubt. Ihr Sohn hatte gesagt, sie möge doch am nächsten Nachmittag mal ins Gartenhaus schauen. Am besten vom Donnersmark'schen Grundstück aus. Erst war es gegen ihre Contenance gegangen. Aber die Sicherheit war wichtiger. Sie hatte noch keine Viertelstunde hinter der Eberesche gewartet, da war die Blumenmacherin durch die Osttüre geglitten. Bewegungslos in der Bewegung. Hätte sie es nicht mit eigenen Augen gesehen, sie hätte geschworen, es sei niemand hineingegangen. Eine halbe Stunde später hatte sie sich so weit vergessen, dass sie näher herangeschlichen war. Im Parterre saß die Vulpius in einer Chaiselongue. Goethe, ohne Perücke, den Kopf ratzekahl geschoren, fixierte sie und bewegte die Lippen. Die Blumenmacherin glitt seitwärts gegen die Lehne und ihre Pupillen wanderten nach oben, dass man das Weiße sah, wie bei einer Kuh. Das Buch in ihrer Hand war auf den Boden gefallen. Dann hatte ihr Goethe etwas ins Ohr gesagt, und sie, Charlotte von Stein, geborene von Schaardt, hatte durchs Fenster mit ansehen müssen, wie ihr Favorit und die Hure das Tier mit den zwei Rücken machten. Ihr bräunlich festes Fleisch, als er ihr die Röcke hochschob. Nicht der Stand der Person kränkte sie, sondern ihre Jugend. Aber hatte sie nicht auch einen Jüngeren genommen? Damals: IHN! Sie wusste aber jetzt, dass er log. Sie hatte ihn eine Weile lügen lassen, um zu wissen, wie er log. Dann erkannte sie, dass er längst wusste, dass sie es wusste und dass es ihm gleichgültig war.

Es war Viertel vor elf. Draußen läutete es. Ihr Bedienter war in Erfurt zum Schanzen. Sie warf den Hausmantel über, tappte zum Flur und blickte durch den Spiegelspion neben ihrem Fenster. Sie wollte wieder ins Haus, besann sich aber, ging nach unten und öffnete die Tür einen Spalt. Draußen stand das Frettchen, das ihr mit seinem braunen Fleisch den Goethe abgespannt hatte. Die wagte sich vor ihr Haus.

„Darf ich?" fragte das Frettchen.

Charlotte öffnete. Das Mensch schlüpfte herein. Die knarrenden Treppenbohlen. Der vom Lüster schwach erleuchtete Salon. Ihr Spitz, der überhaupt nicht knurrte. Contenance halten. Geheime Rätin – geheime Rättin. Warum ließ sie zu, dass das Mensch, klein und breit, die Treppe zum Salon hochwatschelte?

„Haben Sie ein besonderes Anliegen, Frau von Goethe?" Wie schwer ihr die Anrede fiel.

„Der Geheime Rat ist entführt", sagte Christiane, „von französischen Marodeurs! Bei der Promenade! Am Abend des Sieges. Er ist ja eine Geißel erster Klasse!"

Frau von Stein zog die Luft ein.

„Es heißt Geisel", sagte sie und deutete mit dem Zeigefinger auf einen Sessel.

„Böhme, Schumann und der Schwanenwirt haben es gesehen. Sie hätten keine Longuette nicht gebraucht. Und da er nicht mehr im Hause ist..."

„Je ne le crois pas!", sagte Frau von Stein. „Une teile sottise. Das ist nicht die Art des Geheimen Rates!"

„Ich habe noch niemals Schmu gemacht!", sagte Christiane.

„Je ne vous fais pas des reproches", sagte Frau von Stein. „Eine Tasse Schokolade?"

„Gern!", sagte Christiane, „das schmeckt sich auf!" Die roten Backen, die Traubenkirschenaugen.

„Und nun? Man will ihn zurückhaben. Man weiß aber nicht wie und geht zur Stein!"

„Sie werden ihm uns nicht freiwillig wieder in die Wiege werfen", sagte Christiane.

Frau von Stein verschluckte sich. „Gibt es Nachrichten? Forderungen?"

„Es ist wohl noch am Brühen", sagte Christiane.

„Et quoi faire? Was tun?", fragte Frau von Stein.

„Was Konkretes!", sagte Christiane, „der Herzog vielleicht oder..."

„Das bräuchte einen Herkules", sagte Frau von Stein. „Herkules mistete auch einen Stall aus und wurde ergöttert", sagte Christiane.

„Keine Mühe würde ich nicht scheuen, aber wenn man mich sieht ..."

„Ich werde gehen", sagte Frau von Stein.

„Wie dank ich's Ihr!", sagte Christiane, „Und wenn es was kostet, der Kapital wird sich im Überschuss verzinsen!"

„Oh ja", sagte Frau von Stein, legte Christiane den Arm um die Schulter und führte sie nach unten.

Oben musterte sie im Ankleidezimmer die Garderobe durch und entschied sich für ein weißes Kleid mit blassrosa Streifen, so eins, wie Lotte es im „Werther" getragen hatte. Gott sei Dank hatte sie noch nicht im Bett gelegen. Die Coiffure war noch in Ordnung. Ein paar Nadeln in die Perücke. Den hellblauen Carcao. Man holte sich leicht den Pips an einem Oktoberabend. Die Fenster des Schlosses waren erleuchtet. Die rechtwinklige Wüste des Innenhofs, ganz in Muschelkalk wie vor Goethes Haus. So klein in dem offenen Carré? Sie stand doch noch in Gunst? Ja doch! Carl August hatte sie letzte Woche auf dem Redoutenball sehr aufmerksam gegrüßt! - Die Wache sprang auf sie zu. Ein junger Kerl so alt wie ihr Sohn Fritz. Er erkannte sie und führte sie zum Treppenaufgang, wo sie von der Hauswache übernommen wurde.

KAPITEL 8

CARL AUGUST lag auf der Chaiselongue und rauchte. Den ganzen Tag waren die versprengten Gladiatoren des Korsen durch die Stadt marschiert. Auf dem Rückzug. Er hatte taktiert, wie Goethe geraten hatte. Er hatte zwischen allen Fronten laviert und sich mit niemandem überworfen. Mal gab er Truppen an Napoleon und seinen Rheinbund ab, dann wieder an Preußen und Russland. Niemand kam hier ohne Wunden davon. Aber dank Goethes klugem Rat hatte das Herzogtum weniger erhalten als andere Länder. Wie vorsichtig Goethe taktierte. Er saß aus und schmiedete in der Wartezeit einen neuen Plan. Man müsse den Eiertanz zwischen den Kriegsgegnern aushalten, bis eine Seite gesiegt hatte. Napoleons Stern gehe unter. Preußen und Österreich würden wieder mächtig. An die galt es sich zu halten. Metternich würde ...

Sein Bedienter kam herein. „Frau von Stein", sagte er, „es eilt sehr!"

„Bitte", sagte Carl August und richtete sich etwas auf, als Charlotte auch schon durch die Flügeltür brach, die ihr von zwei Lakaien aufgehalten wurden. Mager, zierlich, rote Wangen. Vulpiuswangen. Das hatte noch keiner bemerkt. Der laszive Mund, jetzt bitter verkleinert. Schönes Profil, aber grausame Augen. Besser war grausam amüsiert. Sie hatte wohl schon im Bett gelegen. Immer noch das kalte Flair, das so gar nicht gut für den Stallmeister gewesen war. Was Positiones und Hingabe betraf, sollte sie mal ein Menge gekonnt haben. „Sie kömmt spät!" sagte der Herzog.

„Goethe ist entführt", sagte Frau von Stein.

„Sie scherzen!", sagte der Herzog.

„Keineswegs", sagte Frau von Stein, „der Schwanenwirt, Schumann und Böhme haben es gesehen!"

„Und nichts getan? Nicht den Degen gezückt? Ich lasse sie hängen!"

„Fassen Sie sich!", sagte Frau von Stein, „es ist wohl nicht unwiederbringlich."

„Woher wissen Sie es?"

„Die Blumenmacherin, die ihm sein Haus führt, war bei mir." Die ehemalige Demoiselle Vulpius, also! Sie und die Jagemann hatten in der Luthergasse fast nebeneinander gewohnt. Goethe hatte das Blumenmädchen, er die Schauspielerin für seine natürliche Ehe genommen.

Wie ER damals in sein Zimmer im Roten Haus getreten war. Möser's langweilige „Patriotische Fantasien" hatten auf dem Tisch gelegen.

Eustach von Schlitz war noch sein Erzieher gewesen. Einer von den Abdeckern, die noch keinen Buben gemacht hatten, und in Ohnmacht fielen, wenn sie beweisen sollten, dass sie Eier hatten. Er hatte damals Goethe sondieren lassen. Es gab nur eine Rechtsquelle, sagte er in seinen Rechtsthesen, die war der Fürst. Das hatte ihm gefallen. Was hatten die Verfassungen denn gebracht? Nichts als neue Wörter, neue Zirkelschlüsse! Schon beim ersten Gespräch hatte er ein gutes Gefühl gehabt. Ihm war warm geworden. Er war die Sonne. Was man brauchte, das waren Sehende wie dieser. Beschränkte, die in Schranken laufen konnten. Goethe war groß. Die Tiere des Waldes täten gut daran, einen Blick von ihm zu haschen. Vor dem Fenster hatten sie einen doppelten Regenbogen gesehen. Goethe hatte ihm erklärt, wie er entstand. Also, ER hockte sich das Wissen auf und gab etwas ab. Er hatte IHM dafür ein Miniaturbild seiner Mutter gezeigt. Goethe hatte aufmerksam darauf geblickt, und er hatte sofort gemerkt, dass er die Mütter liebte.

Graf Schlitz, der sich neuerdings Görtz nannte, hatte ihn einen Kuckuck genannt, der sein Ei ins Fürstennest lege. Aber er war der Prinz héréditaire gewesen und sonst niemand. Wie oft waren sie nicht mit einer guten Flinte auf Enten gegangen! Wie viele hatten sie nicht zusammen heruntergeholt! Patsch, wie ein Sack! Das Land hatte er sich ansehen müssen. Goethe war immer dabei, sodass er keine Angst hatte vor dem établissement pour l'entretiens des foux, des furieux, des melancoliques. La maison de correction, la maison des orphelins. Er hatte all diese Häuser ertragen.

Das magere, unruhige Irrlicht mit der südlichen Beleuchtung, hatte ihn Knebel genannt. Anderen gefiel sein Blick nicht. Er schaute wirklich ein bisschen twerch und hatte die Hände überkreuz wie ein Delinquent. Bertuch zog damals die Kunstindustrie hoch. Das Land brauchte Künstler, die hier lebten, malten, in Kupfer stachen, schrieben und verlegen ließen. Künstler, die Reisende anlockten. Die Mutter hatte den Schlitz ins Ausland geschickt. Im Stechen zwischen Goethe und Wieland hatte er dafür gesorgt, dass Goethe die Nase vorn hatte. Gegen Wieland hatte man guten Gewissens sein Alter ins Feld führen können. Er wurde gut entlohnt. Schlitz hatte Goethe einen villain genannt, der vor nichts zurückschreckte, um seinen Namen in die Wolken von Kuckucksheim zu malen. Aber er hatte nach Russland verschwinden müssen, und der Weg für seinen Freund war frei gewesen. Zuerst hatten sie in Weimar unglaublich herumgehaust. Sie hatten auf der Esplanade vor den Parforcepferden mit der Peitsche geknallt und sich über die Angst der Leute gefreut. Sie waren über die Dörfer geritten und hatten mit den Mädchen getanzt und einiges sonst. Er blickte an die Zimmerdecke, auf die ein Bacchanal gemalt war.

KAPITEL 9

IM INNENHOF seines Hauses lag Goethe in seiner Kutsche und träumte. Er war in Frankfurt auf dem Kornmarkt. Es war das Jahr 1764. Krummenge Gassen zweigten nach allen Seiten ab. Auf dem Weg hatten sie Rüben, Kartoffeln, Blumenkohl ausgestellt. Daneben die Fleischbänke mit dem Gesumse der Schmeißfliegen. Männer mit Schubkarren drängten sich vorbei. Es gab Buden mit Zuckerwerk, warmem Kraut, Kuchen oder Würsten. Vor dem Römer war ein Dach auf vier Balken gesetzt. Darunter briet ein Ochse am Spieß. Er bahnte sich einen Weg durch die Menge, ein vierzehnjähriges Bübchen mit Schläfenlocken. Vor einem Stand mit künstlichen Blumen blieb er stehen. Die Verkäuferin war ein junges, schönes Mädchen. Haar und Teint waren dunkel. Sie durfte um diese Zeit gar nicht mehr in der Stadt sein. Sie und der Junge zogen Papierlarven aus der Tasche und setzten sie auf. Die Kaiserkrönung. Ein Umzug aus Karossen, Reitern und Soldaten kam vorbei. Unter dem blauen Baldachin ritt der Kaiser töricht und selbstgefällig auf einem dicken Schimmel. Das Pferd scheute. Die zwei Reichsadler auf dem blauen Wappen zitterten wie gerupfte Hühner. Die treppenförmigen gotischen Dächer! Als müsste man sie erklettern. Schlitzäugige Tataren mit Fellmützen bis auf die Augen standen Spalier. Ihre Bajonette bildeten einen Zaun gegen die Menge. Die Kaiserkrone lag im Baldachin auf einem rosa Kissen wie auf einem Schwein und zitterte, wenn der Stoff sich verschob. Der Junge und das Mädchen kauften sich eine Schweinswurst und bissen abwechselnd davon ab. Dann nahm der Junge das Mädchen an der Hand. Sie wanden sie geschickt durch das Gewühl.

Am Morgen danach hatte ihn der Vater in die Bibliothek holen lassen. Hinter seinen Folianten verschanzt. „Er hat mir in die Krönung geschissen! Zusammen mit drei hängerlichen Lumpen, die er Vettern nennt! Ums Haar hätte auch der Vater im Stadthaus Erbsbrei essen können! Wenn er sich nun den Franzosen geholt hätte, und Quecksilber hätte essen müssen?" Die Flammen um den Vater rundeten sich wie die Feuerringe der Artisten auf dem Jahrmarkt. „Die Sau in der Pfütze!" Es fand statt die Höllenfahrt Jesu Christi. „Bedürfnisse der Herren? In einem Putzladen! ER war ja gar nicht im Marktschiff nach Höchst!"

Er hat sich im Orient der Stadt mit einem fremden Mädchen getroffen. Sie mit Pasteten und Wein courtesiert! Wie einer von den seidenen Buben, die in der Messe auf Dirnenjagd gehen!

Da heißt's nicht mehr „ich habe Geld", sondern „ich habe Geld gehabt!"

„Frau Wirtin hatt' auch einen Sohn", sagte der Junge, „der wußt' mit vierzehn Jahren schon..." Er spürte einen roten Fleck auf seiner Wange. Dahin hatte ihn der Vater geschlagen. Mit eiserner Hand. Er sagte nichts. Der Pfad vom Hirn zur Zunge war verstopft. „Wenn die Hur' an ihm gepappt hat, wie die Tätowierung auf der Haut, werde ich sie ihm mitsamt der Haut abziehen!" Es ist ja alles nur ein Traum, dachte er.

„Litt keine Berührung" rief der Vater. „Weil sie allzu oft berührt wurde! War es im Haus oder im Garten? Hat er es zum Letzten kommen lassen oder nur caressiert? WIE caressiert? Er soll an einer Stoffpuppe die Art und Weise der Caressierungen darstellen!" Dann war er in seinem Zimmer. Vor der Tür sagte jemand, man müsse ihren Heiligenschein zerstören. Jemand anders fragte: „Aber wie denn, Caschper, wie?"

„Nicht an seinen Verstand appellieren", hatte die Stimme gesagt, „denn der schläft tief in der Materie". „Der arme Junge", sagte die andere Stimme. Dann lag er in der Kutsche und fuhr nach Leipzig. Er wohnte dort in einem hohen Gebäude. Im Innenhof standen Kisten und Kasten auf dem Pflaster. Das frühe Aufwachen. Keine Pappelzitterzweige mehr vor dem Fenster. Corneille, ma très chère! I don't want to do no other thing, than to write a letter to you! Es war noch so früh!

Nebenan bramabasierte jemand an einer Predigt. Im Traum sah er sich durch eine schnurgerade Straße gehen, wie es sie in Frankfurt nicht gab. Er war jetzt in Leipzig. Die Frachtund Marktwagen. Größer als in Frankfurt. Very astonished über ein paar Mohren und Chinesen, die hier lebten, als wären sie Zuhaus! Siebenbürger mit Bärten und Dolchen.

In der kleinen Stube. Er lag allein im Bett und schrieb an einem Schäferspiel. Was sollte Alceste sagen, wenn man den ganzen Tag im Bett lag und kein Sauerteig das Lebensbrot ein bisschen gären ließ? Drei Jahre wie dreißig. Den nächsten Weggang würde er sorgfältiger planen. Für Protektionen sorgen. Er würde Leute mitnehmen, die was konnten und eine Hausmacht waren.

Er träumte, dass er träumte. Er sähe einen kleinen Jungen im bestickten Leibrock, der einen anderen kleinen Jungen in ebensolchem Rock in Sporenstiefeln durch die Allee eilen sah. Er sah ihn mal links, mal rechts abbiegen, den chapeau bas unterm Arm. Er saß an einem Mittagstisch: fetter Braten mit Kürbisbrei. Niemand mochte das Zeug, aber sie aßen es. Jemand sagte in dieser düttigen Sprache: „Verstehst kein Deutsch?" Dann war er krank. Ein kleines Mädchen saß an seinem Bett und strickte. Es erzählte, tröstete, holte Tee und Brot. Traum im Traum im Traum. Von dem dunkellockigen Mädchen, das er in Frankfurt hatte zurücklassen müssen. Traum im Traum im Traum ... Besuche in Raschwitz. Ein Schausteller ließ für zwei Groschen Tiere sehen. Ein Seehund lag in einem Wasserkübel. Er hatte einen Hundekopf und Vorderfüße mit fünf Fingern wie ein Mensch. Unter dem Schweif, der eine Fischflosse war, hatte er Hinterfüße. Der Schausteller sagte: „Eindeutige Geschlechtszuordnung ist die Natur diesem Wesen schuldig geblieben!" Wie wunderlichunbeholfen er auf dem Lande watschelte! Aber im Element schwamm er wie ein Fisch. Die klugen, aufmerksamen Augen im eiförmigen Kopf. Zum Brühl, zum Renstädter Tor, zur Ritterstraße, die so lang und breit war wie ein Fluss. Leipzig, das waren siebzig Buchpressen, die fünftausend Ballen Papier im Jahr schluckten. Dreihundert Setzer, Korrektoren und Arbeiter. Das Mädchen neben seinem Bett sagte: „Wolf, du mußt dir die Haar' hinten zum Zopf und vorn zur Bürste machen! Brauchst paar Lockenwickler! Sonst wirst du nie galant!"

Cornelia war die starke Wurzel, die ihn an die Heimat band. Ohne Glaube, Liebe, Hoffnung? Nein, er selbst war so! Er würde ihr ein Denkmal setzen. Die Stimme der Mutter: „Caschper, jetzt'hat sie noch ä unsehlche Neichung gefaßt für's Arthurche aus der Pfeilsche' Pengsion und is'gifftich geche' de Babba!" Traum im Traum im Traum im Traum ...

Nur aus dem Ersten brauchte man zu erwachen. Im Ofen war noch Glut. Aufstehen, sie anblasen, neue Scheite auflegen. Traum im Traum. Die Glut war anzublasen. Zum Fenster. Unten zog jemand ein. Zwei Arbeiter von Berger und Voigt brachten eine Kiste mit einer Schubkarre ins Haus. Den Wasserkessel aufsetzen. Es war zum Winseln kalt. Zerschmölz er doch und löst' in Tau sich auf! Liebe. Sklavenfessel. Höllentrank. Volksbetörer, Zauberer, der unerlaubte Künste betrieb. Das Haus war gar kein Haus. Es war eine Bank. Die Bank war bankrott. Traum im Traum? Er war in einer Kutsche in Thüringen. In Ostthüringen. In Weimar. Am Frauenplan. In seinem eigenen Haus. In der Kutsche. Es war kalt. Er war wach und hob seinen Kopf von den zitronengelben Polstern.

Er war steif gefroren. Musste sich gleich aufwärmen, bekam sonst die Podagra – wie Krafft. Krafft! Wo war der überhaupt? Wie spät war es?

KAPITEL 10

KRAFFT HATTE die Ilmwiesen nicht so sumpfig, den Park nicht so groß in Erinnerung. Was Goethe Park nannte, war eine große flache Flusslandschaft, an der ER herumfrisiert hatte, um sich zu brüsten. Scharfäugigster Mineraloge, korrektester Verwalter, größter Gärtner aller Zeiten! Selbstlosester Freund, klügster Berater, was den Eiertanz zwischen den Kriegsgegnern anging. ER litt am Größenwahn.

Sie hatten die breiten Kieswege verlassen, um vier preußischen Biwakzelten auszuweichen. Wenn er schrie, hätten sie ihn schnell wieder. Das Gras war ein dicker, nasser Schwamm. In der Dunkelheit waren die Bäume mannshohes, weiches Moos. Hatte er die Landschaft nicht schon einmal gesehen? Schon am Tag kam man sich hier verloren vor.

Sie überquerten die Chaussee nach Oberweimar. Die zwei Keuchenden stießen ihn den Hang hoch. Eigentlich müßten sie auf SEIN Gartenhaus stoßen. Der Hang nahm ihm den Atem. Er legte sich auf die Erde. Sie brachten ihn mit Fußtritten hoch. Sie kannten also das Gelände nicht. Er führte sie unmerklich nach Nordwesten.

Das Haus, das er immer nur aus westlicher Richtung, klein und schmuck, in der Entfernung hatte liegen sehen. Jetzt waren sie gegen die lattenverkleidete Wand geprallt. Erlkönigs Hütte. Wie oft hatten sie sich hier gegenübergesessen? Wie oft hatten er sich zusammenreißen müssen, damit Gedanken, Gefühle und Ideen nicht ungefiltert zu IHM hinüberflossen! Seignerolles knackte das Vorhängeschloss. Es gab leichter nach als das am Römischen Haus. Im Flur. Der große Raum zu ebener Erde, der mit Brettertisch und groben Holzstühlen möbliert war. Die zwei Fenster wiesen zur Ilm und waren verrammelt. Seignerolles stieß einen Laden auf. Krafft musste sich auf einen hölzernen Fußboden rechts neben der Tür setzen. Der, der Jean-Christophe hieß, zog ein Stück Seil aus der Manteltasche, schnitt es mit dem Bajonett durch und fesselte ihm die Hände. Es gelang ihm, die Hände ein wenig auseinanderzubekommen.

Die beiden waren fast so naß wie er. Le Grand marschierte nach draußen, ging den Park rund ums Haus ab, kam wieder zurück und sagte, es gebe draußen nur ein paar Soldatenbiwaks „très loin d'ici". Sie entschlossen sich, ein Feuer in der Küche zu machen. Als sie ihm den Mantel auszogen und noch mal seine Fesseln prüften, spürte er die Gicht in den Zeh- und Fußgelenken. Sie strahlte in die Wadenknochen und in die Muskeln der Oberschenkel, ein harter, unpersönlicher Schmerz. Die zwei, jetzt mit freien Oberkörpern, unterhielten sich laut, wie sie weiter verfahren wollten. Ihre halbnackten Körper ab und zu dem Feuer nähernd, versuchten sie in der hohlen Hand ein Stück aufgeweichtes Brot, das Le Grand in der Manteltasche gefunden hatte, warm zu machen. Dabei machten sie Pläne und verwarfen sie wieder. Sie hatten nichts geplant. Krafft spürte den Wunsch, sich an ihrer Unterhaltung zu beteiligen, und begann von seiner Podagra zu sprechen. Von der Großzehe gehe es aus, als beiße einen ein Marder. Der Schmerz verführe Knorpel und Kapseln, sich abzuschließen. Gesang von der Gicht, sagte er zwischendurch laut. Und der, der Jean-Christophe hieß, wiederholte es: „Chesann von de quiche!" Wie sie über Knorpel und Sehnen herfalle. Wie sogar der Gelenkbeutel, das Weichteil sich nicht ausschließe. Wie die Gicht die Finger befalle, die es morgens erst mal zum Greifen aufzubiegen gelte.

Die Salze sollen daran schuld sein, auch der Wein, dann wieder die Zusätze, die die Brauer ins Merseburger Bier taten. Krafft wusste, dass er gegen den Tod redete, gegen die eigene innere Zersplitterung, die gleichbedeutend war mit Aufgeben. Einer der beiden schlug Feuer aus einem Zunder. Er hatte kurz ihre Gesichter sehen können und erkannt, dass sie an den Erfolg ihres Unternehmens selbst nicht mehr glaubten, dass sie sich aufgegeben hatten, zusammen mit ihm. Das machte sie doppelt gefährlich, hatte ihm aber auch wieder Mut gegeben und seine Rede befeuert. Es war auch gut, die eigene Stimme zu hören, da konnte man sich sicher sein, dass man noch da war.

Ein Sonett fiel ihm ein, das er diese Woche hatte fertigmachen wollen, um es zu veröffentlichen. ER hatte ihm schon seine Zustimmung gegeben. Es sollte nur recht gut werden, hatte ER im aufgegeben. Er fragte seinen Bewacher, ob er quelque chose à écrire bekommen könne et les mains ... er deutete mit dem Kinn nach vorn.

„Tiens, un poète", sagte der, der Jean-Christophe hieß, und reichte ihm einen Bleistiftstumpf und einen Rest verschmutzten Papiers.

Krafft nahm das Stümpfchen mit der gefesselten Rechten, das Papier aufs Knie gedrückt, und schrieb recht groß, weil seine Linke jede Bewegung der Rechten mitmachen musste:

Trink jenen Saft, den ich in diesem Glase
zum Mundtrunk dir bereitet habe, dass

du in sein Inn'res blickst, das bräunlich-naß
dir off'nen Munds entgegengähnt: Die Vase,
die einst der Grieche kunstreich dir verziert
mit Braun, Gelock und schmerzlich-roten Bändern,
die sich, begegnend an den hellen Rändern,
verschlingen, dass Verwirrung nie verliert
die ocker, leicht lianenhaften Kreise,
die Zeit vertreibend ihrer langen Reise ...

Statt kunstreich dir verziert war es besser, zu schreiben: Farbenfroh verziert. Statt schmerzlich-roten Bändern würde er drei gekreuzte Bänder schreiben, das war präziser. Schwarze Bänder waren besser als rote, lianenhaft war Kitsch, das würde ER sofort merken. Aber dann stimmten die Terzette nicht. Es musste erst einen Kreuzreim geben und keinen Paarreim. Ihm fiel die Zeile ein: „Verglühen kann, dass verströmte Zeit sie sühn'." Die konnte er noch hineinbringen. Die war schön und würde IHM auch gefallen.

Also die Zeit vertreibend ihrer langen Reise, wie böse Augen, die vermodernd glüh'n ... Blüh'n war vielleicht besser. Beide waren kein gutes Bild. Augen glühten weder, noch blühten sie. Höchstens die dumm-gewalttätigen Knöpfe dort drüben im Gesicht seines Bewachers, der den Namen des Heiligen Christophers trug.

Le Grand sagte: „Tiens, un poème!" Da redete Krafft weiter über seine Gicht. Wie sie ihn - meistens abends anfalle comme un loup, der mit den hellen spitzen Zähnen in die Gelenke beiße. Seignerolles musste lachen. „Deux loups", sagte er. Mit feuchter Wärme gehe man am besten zu Werke. Auf Wein verzichten. Hufeland meine das auch. Le Ministre esse abends schon lange nichts mehr außer Hühnerfleisch. „Le Ministre", sagte Seignerolles und lachte.

Musik helfe auch, manchmal auch die Strickjacke, die er von IHM bekommen hatte. Er sprach mit verve, élégance und Überschwung und die beiden Gauner, die sich Soldaten nannten, wurden ernst. Der Blonde sagte, wenn sie wieder in Hyéres wären, würde er es auch mal als artiste versuchen. Er fragte: „Combien?", und rieb dabei die Daumenspitzen am Zeigefinger. Krafft sagte: „Beaucoup". Aber er wusste, er würde sich etwas einfallen lassen müssen. Er musste sich ein Beispiel an IHM nehmen, dessen Leben darin bestand, immer auf dem qui vive und gleichzeitig ganz naiv zu sein. Er, der mit einem Blick, einem Ton, einer Redewendung die anderen zu steuern verstand und fast immer erreichte, was er wollte.

Er sagte: „L'argent!", und machte eine krabbelnde Handbewegung. Die beiden verstanden nicht. Dann wurde ihnen klar, dass jemand ihre Forderung aufschreiben und überbringen musste. Sie unterhielten sich leise darüber, obwohl sie nach dem Vorfall auf der Brücke sicher sein sollten, dass ihr „prisonnier" kein Französisch verstand. Sie hatten die Sache wenig geplant. Krafft musste im Mondlicht mit seinem Bleistiftstumpf aufschreiben, was sie ihm radebrechend vorsprachen und was er zu erraten vorgab. Dann war der Zettel fertig. Obwohl sie nicht sicher sein konnten, dass das, was da deutsch stand, ihre „lettre de chantage" war, steckte der Kleine das Blatt unter das Koppel und machte sich unter umständlichem Geflüster zum „château", das sie wohl am Vormittag ausgekundschaftet hatten. Krafft saß im Mondlicht auf den staubigen Bohlen und rieb sich die Fußknöchel. Jetzt war nur noch einer da, um ihn zu bewachen. Der sah ihm mit seinem Rüdenblick ins Gesicht, hob das Gewehr und legte es aufs Knie, so dass es auf ihn zielte. Krafft fühlte sich den Puls. Er schien wenig aufgeregt. Das Herz tat ihm weh. Er wollte sich vom Boden aufrichten, um einen Blick in den Park zu werfen. Aber die Bewegung riss den anderen hoch. Er schlug das Gewehr an und legte es erst wieder zurück, als er merkte, dass es ein Reflex des Gefesselten war, den er aus den Feldzügen kannte. Krafft hatte erkannt, dass sein Bewacher nicht gezittert hatte und dass er dumpf-getreu feuern würde, wie er es dem Kumpan beim Abschied versprochen hatte.

KAPITEL 11

GOETHES SOHN blieb einen Augenblick am Tisch sitzen. Seine Linke wischte über den Tisch und brachte die Bilder durcheinander. Vater! Was für ein Wort? Dieser Mann hatte ihn aufs Nützliche abgerichtet, auf Rechnungswesen, Kontrolle der Verleger und Lieferanten, auf Ordnung in SEINEN Sammlungen. Ein Vater war jemand, auf den man wartete, dem man schrieb und vor dessen Bild die Mutter Blumen aufstellte. Dem Vater legte man Beichten ab, damit er einen nicht verstieß und ehrlich machte. Vor Fremden vermochte ER sich Tränen in die Augen zu zwingen. Aber seit er vierzehn war, hatten SEINE Sätze nur noch mit „Hinfüro" oder „Itzo" angefangen. Manchmal sagte er: „Du hast wohlgetan ..."Aber das war nicht unbedingt ein Lob.

Der Vater nannte die Mansarde „Schiffchen". Doch er steht männlich an dem Steuer. Mit dem Schiffe spielen Wind und Wellen. Wind und Wellen nicht mit seinem Herzen. Der Großvater in Frankfurt hatte sich diese Zeilen abgeschrieben. Wenn der Vater tot war, begann eine neue Epoche. Denn er brauchte jemanden, an den er sich halten konnte. Er brauchte einen Freund. Er hatte aber keinen, denn der Vater hatte alle Wege zu seinem Herzen verrammelt.

Es gab ein paar Frauen, die waren Körper. Der Vater wollte, dass er Ottilie von Pogwisch freite, eine Preußin, die ihn hinter dem Donnersmarckschen Gartenhaus mal kurz herangelassen hatte. Sie hasste Napoleon. Noch galt Goethes Sohn als ihr Favorit, aber er konnte in ihrer Gunst stürzen. Sie war gescheit. Ein junger Preuße sollte ihr am Montag bei Schopenhauers den Hof gemacht haben. Man hätte ihm ein letztes Mal gehorcht und wäre frei. War frei. Man hätte Vermögen, Renomée und Zeit für Verse, die er einem verboten hatte. Die Mutter war noch rösch und konnte immer noch jemanden kennenlernen. Er musste ins Fürstenhaus, wo Ottilie wohnte.

Es waren ja nur drei Minuten. Ottilie wohnte dort mit drei jüngeren Schwestern und ihrer Mutter, die Hofdame war. Die dunkle Frauentorstraße. Der von Pechfackeln erleuchtete Markt, auf dem Kosaken biwakierten. Die Feuer vor den Zelten. Sie kochten, hatten Wachen aufgestellt. Dazwischen Franzosen, als ob es keine Schlachten und keine Marodeurs gegeben hätte. Die Tür des Fürstenhauses war nicht mal abgeschlossen. Nicht eine Wache, die seine Ottilie schützte. Siebenundsiebzig bis neunundsiebzig hatte sein Vater auch mal hier gewohnt. Er hatte ja schon an vielen Stellen seine Lager aufgeschlagen. Die Treppen. Einmal klopfen. Herein! Matte Beleuchtung. Die Schwester mit einer Geste hinausgewinkt. Ihr Stoffpuppengesicht. Die klaren Augen.

„Nun?", fragte sie. Das „nun" war vom Vater. Er färbte ab!

„Der Vater ist fort", sagte er.

„Goethe?", fragte Ottilie.

Was für eine Beleidigung! Als gäbe es nur einen in Weimar. Er war doch auch ein Goethe! Ödipus Servulus. ER zeigte ihm tagtäglich, wie man Ödipus im eigenen Haus bekämpfte. Mit Kälte.

„Der Vater", sagte August.

Wenn es stimmte, war das die Heirat, dachte Ottilie. Heinke, der ihr am Montag so intensiv den Hof gemacht hatte, war abgeschrieben. Diese Heirat war Goethes letzter Wille, SEIN Vermächtnis. Es war ein Befehl, wie es keinen im Reich, in ganz Weimar keinen gegeben hatte! Auf den Redoutenbällen hatte sie gelernt, sich zu beherrschen und Auslöser für die Fantasien der anderen zu sein. Lieber Gott! Als er sie damals im Garten der Tante Henckel hinter dem Gartenhaus seines Vaters angesprochen hatte, war er verlegen geworden. Sie hatte das Gespräch in Gang halten müssen.

Ja, sie fände den Garten auch schön. Nein, sie möge die französischen Gärten auch nicht. Lieber englische wie hier. Nein, sie könne am Freitag nicht. Ja, nächsten Sonntag sei sie als Euphrosyne in der Redoute.

Er war natürlich auch da gewesen, weil er gedacht hatte, es würde sich für ihn auszahlen wie bei den anderen Schlampen, die hinter ihm her waren. Er hatte gedacht, er könne ihr den galanten Abenteurer vorspielen, nur weil er DEM SEIN Sohn war. Sie hatte gleich von Erbschaftssachen geredet. Überlegung: Wenn sie bei Goethes Sohn erfolgreich sein konnte, warum nicht auch bei jemandem Besserem? Die, die sich heranpirschten, hatten aber entweder feste Verhältnisse oder waren arm. Von seinem Napoleonfimmel würde sie ihn schon kurieren. Das Leben musste weitergehen. Es war Krieg. Trotzdem wurde gehasst, geliebt, das Tier mit den zwei Rücken gespielt, Freundschaften geschlossen. Es ging nur etwas schneller. Dass er jetzt in ihrer Mansarde saß, war auch eine Kriegsfolge. Die sichtbaren Vorbilder seien die wahren Motive für das Handeln der Menschen, hatte Goethe mal in der Redoute gesagt. In der Stadt sah man vor allem Soldatenmob. Plündern, stehlen, Verwundungen kurieren, betteln! Um gesund zu werden und weiter zu plündern. Der Verbrauch von Wein und billigem Fusel nahm zu. Die Leute verkauften ihre letzten Wertsachen für etwas Lethe. Die Mutter hatte schon ein Collier, ein paar seidene Strümpfe, eine Brosche, einen Kupferstich weggegeben.

Also: Die näheren Umstände der angeblichen Entführung! Der Vater sei vor drei Zeugen von Marodeurs abgeführt worden. Die Leute hätten zugeschaut, aber es habe sich keiner gerührt. Die Mutter sei zur Stein.

Sie sollten zum Frauenplan gehen, sagte sie, aber nacheinander. Die Leute tuschelten genug. Sie warf einen dünnen Wollmantel über und sagte ihrer Schwester Bescheid. Nacheinander verließen sie das Haus. Junger Adel und alter Adel, das gab in SEINER Rechnung mittelalten Adel. In der Rechnung ihrer Mutter oder der Frau von Stein war es ein Abstieg. Die Stein! Jetzt saß sie beim Herzog, sie hatte August mal „den Bastard jener Dirne" genannt. August redete gern vom Krieg. Durch deinen Hut ist noch keine Kugel geflogen, dachte sie, als sie vor dem Haus am Frauenplan angekommen waren. Vor vier Tagen war im Salon der Mutter ein junger preußischer Offizier gewesen, der ihr die Cour gemacht hatte. Sie konnte ihn nicht mehr vergessen - jetzt passierte das ... Sie würde den Preußen vergessen müssen.

KAPITEL 12

IN DER Kutsche war Goethe wieder eingeschlafen. Im Traum war er in Frankfurt. Im Vaterhaus. Es roch nach Firnis. Im Treppenhaus standen auf Holz gespannte Leinwände, mit Bolus oder Kreide grundiert. Zarter Weindunst, der sich aus dem Keller in die Luft verflüchtigte. Alle zwei Wochen füllte er das Verdunstete mit dem Vater wieder auf. Er hatte mal gesagt, ehe der Wein verdunste, sollten sie ihn trinken. Der Vater hatte gelacht und gesagt, er wolle es sich aufschreiben. Die krummen Stufen, die die beiden alten Häuser noch verbunden hatten. Mörtelgeruch. Im Hausflur lagen Tapetenrollen. Darauf waren Chinesen, die mit Pfeilen nach Tieren schossen. In der Bibliothek stimmte der Vater seine Laute. Es dauerte lange und am Ende klang sie wie vorher.

Er musste dem geistesschwachen Clauer, der im zweiten Stock wohnte, das Mittagessen bringen. Frikadellen, Brottörtchen und gedünstete Erbsschoten. Gestern waren es Braten in süßsaurer Beize, Kartoffeln und Rübengemüse gewesen. Der Gemütsschwache bekam das Gleiche wie die anderen. Dafür diente er der ganzen Familie als Schreibautomat. Das war eine Schule gewesen, wie man das Innere eines Menschen ohne Verstand erreicht. Später hatte es ihm genutzt. Clauer bekam aber nichts umsonst, sondern zahlte von dem Geld, das der Vater für ihn verwaltete. Er hatte zwei Zimmer gleich neben seiner Stube und wartete in den ausgewaschenen, erdfarbenen Hosen und dem grünen Leibrock ungeduldig auf sein Essen. Sein hageres Gesicht hatte immer einen stillen Zug von Trauer. Die Haare waren an den Schläfen mit zwei Holzrollen hochgesteckt. Hinten trug er einen Zopf. Er sprach von der Erde, die er nicht fühlen könne, vom Kaiser, der ihn nicht liebte, von den Generalstaaten, die ihn nicht bezahlen wollten. Wie er sonst eine Existenz gegründet, eine Frau genommen, zwei Mädchen gezeugt hätte. Der Kaiser patentierte ihn zum Rat. Er würde Professor ... Hier griff er meistens nach dem Porzellandeckel, um zu sehen, was darunter war. Er stellte das Tablett auf das kleine Tischchen vor dem Hoffenster, durch das man über die Gärten Stadtmauer, Galgentor und Kegelbahn sah. Clauer wollte noch Wein oder Bier. Die Mutter gab höchstens mal Milch oder Selzerwasser. Am liebsten trank er „alte Herren". Das waren die vom Jahrgang Nullsechs. Wenn er einen nicht rauslassen wollte, tauchte er fest in seine Augen, zwei, drei Minuten. Dann ließ er los. Meistens musste er versprechen, zwei Stücke Biskuitkuchen hochzubringen. Einmal hatte er ihn richtig zu fassen bekommen wie eine Schraubzwinge. Er erzählte, wie man einmal mit dem Leonardoapparat über die savoyardischen Eisgebirge fliegen werde. Er hatte zugehört, nur um herauszukommen. Schnupftücher lagen neben Manuskriptbögen. Die Nachtmütze. Kautabak, ein Journal, Pantoffeln, Brotrinden, Garn, Münzen. Er hatte ihm nachgerufen, die Hand des Mönches Schwarz, der das Pulver erfunden habe, würde auch die Welt unterwerfen. Dann hatte er den Menschen ein hantierendes Tier genannt. Es werde mal Kästen geben, denen man befehlen konnte, zu zeigen, was vierhundert Meilen entfernt sich tat. Darüber konnte man nur lachen.

Am Esstisch hatte er Vater, Mutter und Schwester von Doktor Clauers Weissagungen erzählt. Die Mutter saß mit dem Rücken zur Tür, den Spiegel mit dem Schnitzrahmen als Heiligenschein hinter ihrem Kopf. Links saß Cornelia mit einer Frisur à la Rhinozeros, die gerade Mode war und ihre hohe Stirn noch höher machte.

DER VATER: „Hast lang gebraucht. Hast du dir die Nostradamen des Gemütsschwachen angehört?"

WOLFGANG: „Ja."

CORNELIA: „Il n'est pas si fou, qu'on ne le croit."

DIE MUTTER: „Hör oi'fach net hien, WOLFGANG!" Sie füllte seinen Teller mit Erbsschoten und Frikadellen.

CORNELIA: „Il mange comme une bête!"

DIE MUTTER: „Was habt ihr geredet?"

CORNELIA: „Les sujets de nos entretiens vous depassent un peu!"

DIE MUTTER: „Man kann auch Deutsch sprechen! Wir haben auch schöne Wörter und können uns auch rechtschaffen ausdrücken!"

WOLFGANG: „Dr. Clauer sagt, es werde einen Kasten geben, der zeige, was auf der Rückseite des Mondes geschieht!"

CORNELIA: „Des glaciers immenses! Kartoffelklöße von der Größe eines Hauses!"

DIE MUTTER: „Wir wussten nichts von solchen Dingen und all den französischen Sachen. Wir hatten die Gebete und Luthers Katechismus."

CORNELIA: „Charmant".

DIE MUTTER: „Dein Vater hat dieses kleine Meerwunder aus dir gemacht. Wohin mit all den edlen Trieben?"

CORNELIA: „In ein Kloster".

DIE MUTTER: „Ihr seid überfüttert", „das ist alles!".

An der Ecke zwischen Rotkreuzgasse und Kornmarkt ging er mit dem Musikverleger Andrée an einem Bürgerhaus vorbei, das aussah wie sein Elternhaus. Ein Comptoir. Eine Frauenstimme: „Tausendeinhundertdreiundvierzig, vierundvierzig, fünfundvierzig, sechsundvierzig ..." Ein Mann widersprach. Eine Treppe höher sang man ein reformiertes Lied. Sie hatten auch Nothnageltapeten. Aber keine Zwerge drauf, sondern Medaillons, Blumen und Früchte.

Im Traum stand seine ehemalige Verlobte, Lili Schönemann, neben dem Klavier. Ihr lila Carcao, der über der Brust nicht schloss. Schützte so eine Jacke vor Kälte? Ihr Moschusparfüm. Aus dem Niedersten. Die Männer mit gekräuselten Haaren. Er trug natürlich seine altmodische Halbperücke. Der Rock war vom vorigen Jahr. Keine Steine in den Schuhschnallen. Die dachten sicher, er sei aus dem Paradies heruntergefallen. Lili dachte ganz anders. Wenn DER NEUE neben Andrée einen Blick auf sie warf, würde sie gleichgültig tun. Er sollte ein junges Mädchen sehen, das schon in Offenbach, Mannheim und Wiesbaden gewesen war. ER hatte was geschrieben. Dafür hatte ihr Vater mehr Geld. Sie musste ihm zeigen, dass sie ihn nicht nur nicht bemerkte, sonder auch plein de noblesse, plein de contenance war! Sie nahm einen Schluck Tee, stellte die Tasse aber beim Zurückstellen neben die Untertasse.

Er gab sich Mühe so zu tun, als habe er nichts gemerkt. Das Demutslied. Die Aufmunterung. Die Andacht war zu Ende.

Die Stühle wurden in den Halbkreis gerückt. Man trank Tee und unterhielt sich. Erst nach siebenundvierzig Minuten hatte er sie gefragt, worüber vergangenen Sonntag in der Bockheimer Kirche gepredigt worden sei. Sie hatte gesagt: Jesaja sechs, Vers eins: „Ihr Kinder, seid gehorsam euren Eltern in dem Herrn, denn das ist billig." Kinder könnten ihren Eltern nie vergelten, was diese für sie getan hatten. Undankbaren und widerspenstigen Kindern konnte es schon hier unten nicht gut gehen, wenn sie nicht ihre Sünden und Bosheiten mit tausend Tränen bereuten.

Später war er in ihrem Zimmer im Obergeschoß. Überall lagen Morgenröcke und Negligées. Er trug einen galonierten Rock, ein braunseidenes Halstuch und Stulpenstiefel.

„Ich denk', mer ginge nach Amerika", sagte Lili. „Eine schöne, wilde Natur mit alten, hohen Bäumen."

„... Die man abholzt, um sie in Louisdors zu verwandeln." „Blockhäuser, Prärien, grüne Saat ..."

„Die man den Baumwollagenten um ein Billiges wird lassen müssen!"

„Komödien wollen die Leut' immer sehen."

„Quäkerkomödien!"

„Man rüstet Segler für den Handel, geht ins Bureau und ist am frühen Nachmittag zuhaus'. Da hat man noch Zeit für die Welten zwischen den Buchstaben. Es gibt eine Demokratie, Verfassungen ..."

„Die Demokratie ist eine Aristokratie von Lumpen!" Hier spukt's, dachte der Träumer, es riecht nach Geld, Calvin und reformiertem Rindfleisch! Nach Verantwortung und Geldaufkommen. Sie nahm die Schnürbrust ab und ließ ein bißchen Weißleib sehen.

Und wenn es ein Fallissement gibt?

Welch ein Wort! Wollte er eine Scheibe Kapaun oder Wildbret?

„Wildbret!"

Sie brachte einen Teller voll, nannte ihn ihren Mufti und setzte sich neben ihn. Die armen Prinzen allzumal in nie gelöschter Liebesqual. Der Futterkorb wurde immer nur kurz gezeigt. Er war einer aus der zahmen Kompanie. Die hielt sie alle in Konkurrenz. Wer biß zuerst an?

„Allons tout doux", sagte sie. Er nahm ihre Hand. Die roch gut. Doch hat sie auch ein Fläschchen Balsamfeuers, das keiner Erde Honig gleicht. Er saß auf einem Ebersdorfer Gesangbuch. Das war hart. Er rückte zur Seite. Das deutete sie falsch und führte seine Hand an ihr Honigfläschchen. Da waren alle Fluchtgedanken weg. Man schämte sich, dass man sie gehabt hatte. Man schloss die Augen und lehnte sich zurück.

Die Augen öffnend, glaubte man zu träumen? Sie war ganz ohne Kleider und half ihm aus Leibrock und Halsschleife. In seiner Lust, in seinen Schmerzen still. Diesmal hatten sie es nicht hinter halb offener Tür gemacht, wie sonst. Vollkommene Leere der Gedanken unter ihren Händen, die in seinem Traum kundig mit ihm umgingen. Und ich? - Götter, ist's in euren Händen, wie dank ich, wenn ihr mir die Freiheit schafft.

KAPITEL 13

GOETHE TRÄUMTE von Frankfurt. Es war das Jahr 1774. Überall hatte er mit der Kutsche herumgeprahlt, die ihn nach Weimar bringen sollte. Jetzt kam sie nicht. Auf die Straße ging er nur noch nach zehn. In Vaters Mantel. Den Hirschgraben hinunter bis zu Pfeils Pension. An der Faulpumpe nach rechts. Durchs kalte Loch, die Wedelgasse bis zum Römerplatz hinunter. Einmal um den Brunnen. Da hatte er vierundsechzig mit Gretchen gestanden. In der kleinen Blumenmacherin, die seine Frau geworden war, war sie ihm wiedergeschenkt worden. Warum gabst uns, Schicksal, die Gefühle? Seine Frau hatte den gleichen melancholischen Blick, dunkle Augen, Apfelwangen. Sie war genauso groß. Ihre Vorliebe für weiße Überschlagkrägen.

Durch die Mainzergasse bis zur Kirche. Nach rechts in die Buchgasse. Novemberwetter. Mischung von Schnee und Straßenkot. Die Leute strichen vorbei, ohne hinzuschauen. Vor Lilis Haus. Kornmarkt. Die Ähnlichkeit der Elternhäuser. Die Korbgitter vor den Fenstern, wie Gefühlsasthma. Auf der anderen Seite kam Senckenberg. „Isch wohl nix draus g'worde, Herr Doktor?" Gott sei Dank, nicht fliehen! Lilis Mutter stand mit einer Frau am Fenster. Ein neuer Mitgiftritter wurde diskutiert: „Die Jugend und die schöne Liebe, alles hat ein Ende. Dann dankt man Gott, dass man irgendwo unterkriechen konnte!"

Und wenn er bleiben musste? Kammerresident? Amtsverwalter wie der Schwager? Die Schwester hieß jetzt die Schlossern.

Der Geschäftige wollte ihr ein Kind in den Leib zwingen. Die Schwester hasste den Körperakt.

Durch die Weißadlergasse. Auf den Rossmarkt. Der Bauch der Messestadt. Fuhrwerke kamen an. Kaffee, Pökelfleisch und Spezereien. Kreisender Nährstrom. Frankfurt war die Mutter, Sachsenhausen das Kind. Die Sachsenhäuser Brücke war die Nabelschnur. Die Schildbürger hinter dem Fachwerk. Durch die Rossmarktgasse zum Elternhaus. Vielleicht hielt die Kutsche schon davor. Eng an den Häusern. Sonst sah der Vater ihn durchs kleine Fenster, das er sich in die Seitenwand hatte brechen lassen. Keine Kutsche!

In Weimar waren die Seelenkräfte der Mutter fort. Wenn er eine Frau nahm, musste sie die Seele der Mutter und den Verstand der Schwester haben. Wahrscheinlich nur in zwei Frauen möglich. Die Enge des Fachwerks. Moralisches Asthma. „Wölfle, bleibsch hübsch hier, kriegsch ä Agentschaft, ä Residentschaft von de Hesse- Nassauesche her."

Der Schatten des Vaters hinter dem Bibliotheksfenster. Kramt sicher in den Papieren wie jeden Abend. Protokolle, Beschreibungen seltener Blumen.

DAS HAUSHALTUNGSBUCH: dem Vergolder Finsterwald. Für Haarbänder. Für den Knopfmacher. Für Wachslichter. Für den Flickschuster. Für den Gärtner. Für die Verwandten in Friedberg. Für Teeblätter. Für Bohnenkaffee. Für Lautensaiten. Dem Zuckerbäcker, dem Korbmacher, für Brennholz. Der Ehefrau was extra. Für Seife, Sommerwäsche und Essen. Für den Grabenfeger und dem Kutscher Loebentraut. Der Ehefrau für indischen Stoff. Dem Schuster Oswalt, dem Schuster Bickel. Für Kandiszucker und Bindeweiden. Die Frühjahrswäsche mit Kohlen. Für Damenstiefel, Essig und Baumwollstoff, Für Leinengarn, das Frauenkränzchen und das Harmonium. Für Pillen, Aderlaß, Abführmittel und Doktor Metz. Für den Reitlehrer Runkel.

Ein neues Mieder für Comelie. Fürs Fleckenentfernen. Seidene Strümpfe zu waschen. Eine große Schachtel Seidenraupen. Dem Bauamtsschreiber. Dem Perückenmacher. Die Feuerspritze herzurichten. Ausflug nach Marienborn. Trauben aus dem Rheingau. Für neue Baumstützen. Für Sauerkraut und Bäckerbrot. Für den Festtagskuchen, für die Reinigung der Teemaschine. Drei Eintrittskarten zum Passionsoratorium. Für das Ausmessen der Ginheimer Wiese. In den Armenbeutel, für Wormser Handschuhe und den Bartscherergesellen. Dem Gärtner Peter und dem Perückenmacher Pastrée. Cornelias Aderlässe. Sie wurde immer kränker, je näher die Heirat rückte. Für zwei weiße Nachttöpfe. Für drei Gilbert Holz. Einem Juden für ein wohlgeborenes Söhnchen. Der Frau Waitz eine goldene Uhr. Sommerwäsche laut Konto. Schreiben ans Ackergericht. Für die Magd Magdalena und die neue Frühjahreswäsche. Dem Färber Lämmer, dem Uhrmacher Hoff, dem Schuster Crall.

Alles aufgeschrieben in der rechtsschrägen kleinen Gelehrtenschrift des Vaters. Da oben ging er auf und ab. Mit vorgeschobenem Bauch, die Hände auf dem Rücken, nahm einen Folianten aus dem Schrank und blätterte darin.

Seit Leipzig verstand er den Vater besser. Er hatte begriffen, was es hieß, sich ohne sichtbaren Reichtum und ohne Protektion durchschlagen zu müssen. Verriet er den Vater, wenn er Frankfurt verließ? Bis jetzt war er doch immer zurückgekehrt. Aus Leipzig, Straßburg und Wetzlar.

Die Schwester hatte ihn zum Hirschgraben gezogen. Zu wissen, dass sie wartete.

Fasse dich, Bruder, und erkenne die Gefundene! Schilt einer Schwester reine Himmelsfreude nicht unbesonnene strafbare Lust! Die Erziehung des Vaters hatte sie belesen und feinfühlig gemacht. So hält mich Thoas hier, ein edler Mann, in ernsten, heiligen Sklavenbanden fest. Er wollte nicht auf diesem steinernen Altar geopfert werden.

Hatte Cornelia durch ihre Heirat nicht als erste die Bindung aufgehoben und ihm den Weg nach Weimar freigemacht? Sein Schwager Schlosser. Sein kleines heuchelndes Gesicht. Seine Vorstellungen von Männlichkeit: blindes Organ des Fürsten. Abends die zwei Braunen und die Drechslerbank. Beneidete sie darum, dass sie besser dachte, sprach und schrieb. Ihr Bruder konnte sie nur in der Phantasie erlösen. Die Gesellschaft war stärker als der Einzelne. Den festen Boden deiner Einsamkeit mußt du verlassen. Wieder eingeschifft, ergreifen dich die Wellen schaukelnd, trüb.

Corneille, ma soeur! Würde es ihm gelingen, ein Kahn zu werden? Für den Vater hatte ein seidener Bube die Einladung in einer Weinlaune ausgesprochen. Oben schob er sein massiges Gesicht an die Scheibe und spähte in den Hirschgraben. Und was tat der Sohn? Er duckte sich in den Schatten. Der Vater musste ihn ziehen lassen, denn er war seit drei Monaten großjährig. Aber er würde ihm Seidel mitgeben. Der konnte kutschieren, kochen, abrechnen und schrieb so schnell wie Doktor Clauer. Diesmal fuhr er nicht als eingewickeltes Bübchen weg, sondern mit einem Lizentiatentitel, einer Einladung und einem Sack voller Manuskripte.

Die würde er nicht mitnehmen, wenn er vorhatte, zurückzukommen. Daueratmen! Zehn Jahre musste er dem Prinzen dienen. Mephisto für den Minifaust. Dann würde was Großes kommen. Kein Rat, der hinter dem Rücken der Leute herummauschelte. Der Fürst befahl. Minister, wie mancher Minister wird durch seinen Sekretär regiert! Und wer ist dann der Erste? Der, dünkt mich, der die anderen übersieht und so viel Gewalt oder List hat, ihre Kräfte und Leidenschaften zur Ausführung seiner Pläne anzuspannen. Es würde sich auch eine Dame finden.

Doktor Zimmermann, der Leibarzt von Carl-Augusts Großvater, dem Braunschweiger Herzog, der seine Verbindung nach Weimar hergestellt hatte, hatte ihm den Schattenriß von einer gezeigt. Sie hatte ein hübsches Profil, war dreiunddreißig und hatte sieben Kinder geboren. Halt er einen rechten Pfropf bereit, wenn er ein großes Loch nicht scheut! Die Sprache des Herzogs konnte er schon. Die herzogliche Kutsche würde nicht die Sottise begehen, ihn nicht aus Frankfurt zu tragen. Der Hausschlüssel. Die Dunkelheit des Flurs. Der Weinbrodem, der ihm durch die Kellerfalltür wie eine süße Wolke entgegenschlug.

Wein! Er erwachte und richtete sich auf. Er war in seine eigene Kutsche geklettert und darin eingeschlafen. Seine Taschenuhr war im Haus. Wäre die Müdigkeit nicht so stark, man könnte oben einmal nach der Zeit sehen. Er setzte sich auf die wollige, gelb bespannte Bank, um sich zu strecken. Wie spät war es? Wer hatte vor Leipzig gesiegt? Sollte das Schicksal des Korsen vor dieser Stadt besiegelt worden sein? Er musste wieder nach oben ins Haus. Er brachte das Bein über die Einstiegskante, hangelte sich hinaus und landete hart auf den Steinen des Innenhofs. Die Haustür war nicht verschlossen. Im Haus war es hell.

KAPITEL 14

IM SCHLOSS saßen sich Carl August und Charlotte von Stein auf den Kanten der Setille gegenüber. „Goethe scheint den Menschen entfremdet", sagte Charlotte, „sonst wäre er um diese Zeit nicht auf die Straße gegangen."

„Seltsam", sagte der Herzog, „dass er nicht mit sich einig werden kann."

Des Menschen Wesen durch und durch zu dringen. Es hing mit der Art und Weise zusammen, wie er sie anschaute. Einige hatten diese Art nicht für voll genommen. Das war ihm recht gewesen. Es hatte viel mit seiner Labilität, seiner Empfindlichkeit für sinnliche Eindrücke und seinem Hunger nach Liebe zu tun. Wenn er sich geliebt wusste, war sein Urteil unbestechlich. Glaubte er sich gehasst, entstand eine undeutliche, geladene Atmosphäre um ihn. Die verwandelte er entweder in ein Gedicht, oder das Leben stellte dem Hasser ein Bein.

Das Frauenhafte in Fühlen und Handeln. Ein gewaltiger Nehmer, hatte Herder gesagt. Gab es nichts mehr zu nehmen, konnte es zum Bruch kommen. Bei Carl August hatte ihn nur der große Standesunterschied verhindert.

Sein Leben hatte er ihm gewidmet. Aber nicht sein Herz. Aus Verbindungen, die nicht bis ins Innerste der Existenz gehen, kann nichts Kluges werden.

„Napoleon ist in Erfurt", sagte der Herzog, „ich schicke drei Husaren hin und lasse einmal sondieren."

„Schicken Sie Knebel mit", sagte Charlotte, „sonst habe ich wenig Hoffnung." Dann schwieg sie.

Ihr Schweigen brachte Seelendruck, dachte Carl August. Vor dem Genie Ruhe zu bewahren war Ignoranz und Überheblichkeit. Sechsundsiebzig war er erst achtzehn gewesen. Aber er hatte damals gleich das Format des spindeldürren Sechsundzwanzigjährigen gespürt. Auch die Fronde, die es im Conseil gegen ihn geben würde. Er hatte die Sitzung ins Fürstenhaus beraumt, wo er mithören konnte. Wie sie sich gegen IHN gesperrt hatten!

Ob man denn mit Wieland, der den Prinzen drei Jahre erfolgreich erzogen, nicht mehr zufrieden sei?

Der Geheime Rat von Greiner: Wieland sei mit dreiundvierzig zu alt für einen Achtzehnjährigen. Ob Goethe als ein Schöngeist wegen der ihm abgehenden Kenntnisse in den Wissenschaften den Wieland überhaupt ersetzen könne? Welche Kenntnisse dem Prinzen noch abgingen? Universalgeschichte, Corpus Juris und Herzensbildung. Wie es mit dem Unterricht in Herzensbildung stünde? Der Belletrist sei der beste Herzensbildner!

Ob man den Lizentiaten Goethe auch genügend sondiert habe? Doktor Zimmermann, ein Leibagent des Preußenkönigs, sage sich persönlich für seine Menschenliebe und Vortragskunst stark. Wie es mit seiner Treue stehe? Dafür sage sich Zimmermann ebenfalls stark.

Ob man sich diesen oder einen anderen auf den Hals laden wolle, ohne sich wegen der Folgekosten zu bedenken. Nach Akte wolle Goethe um jeden Preis aus Frankfurt fort und werde auch eine Zeitlang unentgeltlich arbeiten, zumal seine Schwester nach Karlsruhe geheiratet. Der Hof solle siebenhundert Reichstaler Vorschuss auswerfen.

Assistenzrat Schnauß: Wenn die Unterweisung des Prinzen durch Goethe zu Ende sei, müsse man ihm Pension aufsetzen, da man nicht wisse, wozu er noch zu gebrauchen sei. Er falle dann bei vollen Bezügen für den Landesdienst aus. Der Erbprinz sei nicht so veränderlich, wie man meine und werde den Goethe schon zu halten wissen. Ob Goethe in der Geschichte des Fürstenhauses und seiner Staatsverfassung bewandert sei? Diese Einweisung könne Assessor Schmidt erledigen. Assessor Schmidt: Er wolle das gerne übernehmen.

Von Fritsch: Goethe sei jung. Wenn er nun seinen Einfluss auf den Prinzen über die Maßen ausdehne? Es seien Leute da, die das verhindern würden. Ob Goethe schon einmal in Diensten gestanden habe, da die angebotene Bezahlung die vorige nicht unterschreiten dürfe. Von Schmidt: Nicht dass ich wüsste.

Ob Goethe im Anstellungfall Tanz- und Fechtstunden mit übernehmen könne?

Das gehöre mit zur Aufgabe. Goethe habe zu erkennen gegeben, dass er all dies unauffällig miterledigen wolle. Dass das Land auch wegen fehlender Industrie die Zusiedlung großer Künstler, die hier drucken und stechen ließen, nötig brauchte. Er, Carl August, hatte damals genug gehört und sich aus dem Kabinett zurückgezogen. Ein halbes Jahr später hatte er Schmidt zum Dank für Goethes Verteidigung zum Regierungspräsidenten gemacht. Goethe hatte alle seine Künste durch Filiation in ihn hineingebracht. Ihm hatte es genützt. Anderen hatte es geschadet.

„Ich schicke Greif und Waldmann", sagte er zu Charlotte, „meine zwei besten. Mit dem Schreiben wird man Knebel sofort vorlassen. Da der Kaiser schnelle und richtige Information will, ich aber die genaue Sachlage und den Tathergang nicht kenne, schlage ich vor, dass wir zusammen zu Goethes Haus gehen, das Terrain erkunden und Frau und Sohn über die Vorfälle befragen.

Er läutete. Der Leibdiener trat herein. Bevor Charlotte etwas sagen konnte, war sie in ihrem Mantel. Carl August nahm ihren Arm. Zusammen gingen sie die Treppe in den Schlosshof, wo eine kleine, flache Korbchaise bereitstand.

KAPITEL 15

IN GOETHES Gartenhaus lag Krafft in seiner Ecke. Der, der Jean-Christophe hieß, spannte nach ihm wie der Ratz nach dem Laubfrosch. Er traute ihm nicht, und gab das zu erkennen. Er fuhr mit der Fingerspitze auf dem Flintenlauf hin und her. Vom Schloss über Kimme und Korn und wieder zurück. Die Eichenbohlen waren kalt. Jetzt schlug er die Beine übereinander. Das Gewehr lag auf seinem Oberschenkel. Es zeigte auf ihn. Wenn er versuchte, sich gerade hinzusetzen, stippte der andere den Lauf mit der Fingerspitze nach unten.

Seine Hände waren auf dem Rücken verschnürt. Sie wurden langsam taub. Der Hintern tat weh. Das Blut staute sich in den Füßen. Die Kälte der Wand drang in Rücken und Schultern. Wenn das Kinn auf die Brust sank, verspannte sich der Körper. Die Füße hatten sie ihm nicht gefesselt. Er legte sie nebeneinander. Gleich drehte sich der Gewehrlauf in seine Ecke. Bevor er hochkam, hatte der ihn erledigt. Warum bewahrten sie ihn überhaupt auf? Sie wussten, dass er sie wiedererkennen würde. Selbst wenn ihnen in der allgemeinen Verwirrung die Flucht glückte, konnten sie nicht sicher sein, dass ...

Christophe hatte offenbar die gleichen Gedanken. Er tippte mit der Fingerspitze gegen den Flintenlauf und ließ ihn wie eine Waage über dem Knie pendeln. Die bösen braunen Augen. Der Gewehrlauf!

Es war sicher schon nach Mitternacht. Der eineinhalbstündige Marsch durch die Ilmauen. Die Feuchtigkeit! Sie mussten die Kartusche unbrauchbar gemacht haben! Jetzt hatte der andere es auch bedacht, wollte sich aber nichts merken lassen, sondern blickte gleichgültig in seine Richtung. Krafft bewegte sich, da bewegte sich auch Jean-Christophe. Er lehnte sich gegen die Wand, da entspannte der andere die Schulter. Er entspannte seine Beinmuskeln, der Flintenlauf kippte. Wenn er ihn noch eine Elle zu sich hinzwang, konnte er den Stuhl unter ihm wegtreten und seine Überraschung zur Flucht nutzen. Mit dem feuchten Gewehr konnte er nicht schießen. Er entspannte sich. Ober - und Unterkörper rutschten ein wenig auf Jean-Christophe zu.

Die Beine seines Stuhls waren vier gute Ellen nah. Er musste sich nach links drehen und mit dem rechten Bein sicheln. Ritsch! Das Bein hatte ausgeschlagen. Es traf nicht den Stuhl, sondern Christophe und riss ihn nach vorn. Der richtete im Fallen das Gewehr auf ihn und drückte ab. – Rauch kräuselte sich von der Zündpfanne, ohne dass es knallte. Der zweite Lauf, aber es gab keinen. Krafft war auf den Beinen, der andere hinter ihm. Der Flur. Die Tür zur Speisekammer. Hinein! Sich an die Wand drücken! Der andere zum Eingang hinaus. Den Hang hoch, weil er rechts und links niemanden sah. „Merde!" Die Stimme wurde leiser. Nach links, ums Haus.

In die Ilmauen. Auf die Flussschleife zu. Deckung in Baum und Büschen. Der andere war schon wieder drinnen im Haus. Sein Schatten geisterte hinter dem Fenster. Sicher hatte er jetzt die Speisenische gesehen und würde im Park nach ihm suchen. Nur nicht zu schnell zur Stadt. Dorthin würde er zuerst gehen. Zum Fluss, der genau vor Goethes Gartenhaus die stärkste Biegung zur Chaussee hin machte. Sich in die nassen Büsche drücken. Christophe eilig-schwerfüßig durchs nasse Gras. Erlkönig mit dem Bajonett zwischen den Zähnen. Mein Sohn, es ist ein Nebelstreif!

Christophe blieb stehen und witterte das Terrain ab. Jetzt war der Zweite auch wieder da. Er drehte sich, ging ein paar Schritte in Richtung Schloss und kam dann mit tappenden Seitwärtsschritten auf Krafft zu. O wären wir weiter, o wär ich Zuhaus! Es waren höchstens fünf, sechs Meter. Er stank. Ein jeder schnüffelt nach dem eignen Furz. Er war zwei Meter von ihm weg. Mein Sohn, mein Sohn, ich seh es genau! Jetzt wandte er sich ab und tappte in Richtung Schloss. Wurde unschlüssig. Kam wieder zurück, umkreiste weiträumig das Dickicht, in dem er steckte. Kam wieder näher. „Il s'est échappé!" rief Christophe.

„Mon Dieu!", kam es vom Haus. Hatte der Kumpan kein Geld, was wahrscheinlich war, würden sie alles versuchen, um ihn wieder einzufangen. Er duckte sich, das Laub raschelte. "Je crois, qu'il est ici", rief Christophe zum Haus hin. „Possible", antwortete der andere. Sie kamen näher. Sie würden ihn suchen. Sie würden ihn finden.

Ihm fiel plötzlich ein, wie sein Sonett weitergehen musste. „Wie Feindesaugen, die vermodernd glüh'n"! So musste das erste Terzett weitergehen. Denn er, Krafft-Schwachinger, wollte den Tod seines Feindes, dieses Jean-Christophe, der mit dem Bajonett im breiten Maul unglaublich vorsichtig die Büsche nach ihm durchkämmte. „Die Zeit vertreibend ihrer langen Reise!" Jetzt hatte er das ganze Terzett. Er musste sich's einprägen, um es zu Hause aufzuschreiben. Die letzten drei Zeilen, und er hatte ein Sonett, das sich neben einem von IHM immer würde sehen lassen können.

KAPITEL 16

CHRISTIANE WAR durch die Seifengasse zum Frauenplan zurückgegangen und hatte sich zwischen Biwakzelten und schlafenden Soldaten in ihr Haus gedrängt. Im Junozimmer saß sie ihrem Sohn gegenüber, August auf dem Stuhl seines Vaters, Christiane auf Kraffts Sessel. Sie hatten Riemer geholt, der ging, die Hände auf dem Rücken wie ER, vor dem Fenster auf und ab.

Ottilie saß vor dem Klavier, die Ellbogen auf die Tastenabdeckung gestützt. Würde sie am Ende den Weg der

Schwiegertochter, mit Schlüsselbund und Fleischpreisen nicht gehen müssen? Als Frau SEINES Sohnes stünde sie neben Rahel Varnhagen und Bettina von Arnim. Nannte sie jemand überspannt, würde sie mit gleicher Münze zurückzahlen. Keine Wünsche mehr in SEINEN trüben braunen Augen, mit einem einzigen geistreichen Wort weggeheuchelt. Fort SEINE Unanfechtbarkeit. Die peinlichen Brabbeleien, wenn er mal krank war und fantasierte. Die ironischen Ausfälle, die sie abends bei Schopenhauers zu spüren bekommen hatte. Er war ein malade imaginaire und reizte die Umgebung mit Ausfällen gegen die Ärzte, wenn sie an seinen Schilderungen zweifelten. Selbst wenn er monatelang in Teplitz oder Marienbad war, würde sein Geist über dem Haus schweben und jede Entwicklung verhindern. Ab und zu ließ er verbreiten, er sei tot und ließ sich hinterher die Besucherliste zeigen. Man konnte nicht sicher sein, dass sein Verschwinden nicht ein neuer Trick war, um Loyalitäten zu prüfen. Sie beschloß, vorsichtig zu sein und ihre Worte zu wählen.

Riemer sagte, die Antike gebe Beispiele, wie sich ein Knoten durch ruhiges Warten gelöst habe.

August sagte, er glaube hier aber ans Gegenteil.

Christiane erwiderte, Frau von Stein sei wahrscheinlich schon beim Herzog. Dessen Kurier hoffentlich schon auf dem Weg zu Napoleon.

Riemer sah Christiane an. Der Canossagang zur Frau von Stein. Keine andere Frau hätte das für Goethe getan.

Ottilie sagte, man könne doch im Umkreis des Hauses nach dem Vater suchen. Sie spürte, wie Christiane ihr diesen Satz dankte. Kam ER zurück, würde sie es IHM früher oder später sagen. Wenn nicht, hatte sie sich hochherzig gezeigt.

Riemer sagte, er plädiere für Vorsicht. Oft habe ein Vorposten seinen Übermut später bedauert.

August sagte, er werde nichts bedauern, das ihm den Vater sofort zurückbringe. Wüßte man denn, was es bedeute, keinen Vater zu haben. Wie er sich in den Jahren des Stigmas gefühlt? Wie ihn der Vater ehrlich gemacht, als sich im Jahr eine günstige Gelegenheit geboten. Wie er die Mutter im Jahr sechs in der Sakristei der Hofkirche zur Frau genommen, nachdem sie ihm unter den Augen der Welt das Leben gerettet. Wie nützlich Heirat und Ehrlichmachung ihm und seiner Mutter Bruder, dem Bibliothekar gewesen sei. Die Leute sagten Vater, als sagten sie Brot, Wasser, Wald, Industiecomptoir, Exerzierplatz oder Krautacker. Der Vater war oft fort gewesen, aber doch immer greifbar als sein Freund, der auf all seine Briefchen geantwortet habe: Ich wünsche, dass du mir weiter schreibest.

ALSO:

Ich spiele jetzt in meinen freien Stunden mit Kastanien. - Es ist mir lieb, dass du schöne Spiele hast. / heute habe ich alle meine Kleidungsstücke selbst angezogen und habe mich selbst gewaschen. – Es macht mir viel Vergnügen, auch im einzelnen zu wissen, was du tust und treibst. / Ich sage Ihnen vielen Dank, dass Sie so gut für die Ernährung meiner Vögel gesorgt und ihnen ein schönes Futter geschickt haben. – Ich freue mich, dass deine Vögel sich so gut anlassen. / Ich kann nun das Aktivum der ersten und zweiten Konjugation. Auf Weihnachten werde ich mit dem Übersetzen anfangen. - Du wirst begreifen, dass ich die guten Tage hier in Jena zum Arbeiten nutzen muß.

Hatte je ein Vater so leutselig geantwortet? Seinen Segen gegeben zu allem, was man tat? Ihm den Herrn Grüner beigegeben, von dem man was lernen konnte? Den Herrn Riemer ins Haus geholt, um ihn die Antike zu lehren und das Deutschschreiben? War ein bisschen Gehorsam dafür zu viel verlangt? Über dem Vater stand niemand. Höchstens die Großmutter in Frankfurt. Die hatte ihn gleich als SEINEN ehelichen Sohn behandelt. Das war eine gewesen wie die Mutter. Die Sprache derb und frei. Da wusste man, wo der Vater die Wörter her hatte, die Volk und Adel so gut gefielen. Er glaubte fast, sie erfand bessere Geschichten als ER. Sie liebte den Vater eher wie eine Tochter, nicht wie eine Mutter.

„Ich werde was tun!", schrie er.

„Du weckst die Einquartierung", flüsterte Christiane, „wir müssen jetzt warten, was der Herzog für den Vater tut!"

„Ich will aber nicht warten", rief August. Er sprang vom Sessel und wollte in den gelben Saal. Aber Riemer schnitt ihm den Weg ab. „Sie können jetzt nicht hinunter", sagte er, „Sie weckten die Soldaten und machten jede geordnete Suche nach dem Verschwundenen unmöglich!"

„Vater", rief August, „Vater, hilf mir doch!"

Riemer packte August um den Leib, und sie begannen zu ringen. August ließ sich zu Boden fallen, geriet über Riemer und spuckte ihm ins Gesicht. Aber der lockerte seinen Griff nicht. August wollte ihn mit dem Knie zwischen die Beine. Aber Riemer hielt sie zusammen.

„Du bist doch auch mein Vater, Riemer", rief Goethes Sohn. Sie waren zwischen den runden Tisch vor der Chaiselongue und den Fenstern zum Frauenplan gerollt.

Christiane und Ottilie versuchten sie zu trennen. Aber sie zerrissen nur Quasten und Schulterklappen seiner grünen polnischen Jacke.

Es klopfte an die Tür, und Herzog Carl August und Frau von Stein standen im Zimmer.

„Die Tür stand offen", sagte der Herzog. Wie der Wind war Riemer bei ihm und berichtete, was passiert war.

„Ich habe meinen Vater überhaupt nicht gekannt", sagte Carl-August, „ER war auch mein Vater. Aber blindes Handeln und Geschrei bringen den Verschwundenen nicht zurück. Biwakieren dort unten nicht fünfhundert Kerls mit Eiern. Man sollte sie füsilieren lassen! Hat Sie einen Schluck Melnicker?", wandte er sich an Christiane. Die verschwand in die Küche. Riemer stand auf und strich sich den Leibrock glatt, während Ottilie August zum Klavierstuhl führte und beherrscht auf ihn einsprach.

Zum ersten Mal seit Langem sah der Herzog Frau von Stein in Goethes Wohnung. Er erkannte als richtig: Sie hatte in ihrem Leben nur zwei Männer geliebt, Stein und Goethe. Dessen plötzliches Auftrumpfen, Fluchen und Weglaufen, das Klatschen mit der Peitsche, das Patenstehen für Wielands Kinder. Er hatte ja den Herzog in kurzer Zeit verändert. Das hatte ihn zum Wundermann gemacht. „Tout notre bonheur avait disparu de ce moment", hatte Charlotte von Stein ihm einmal in der Redoute gesagt. Gesagt! - Gelebt hatte sie etwas anderes.

Sein starker Wunsch nach Macht. Es konnte das Gefühl seiner Begabung oder die Zuflucht des Verzweifelten sein. Durch allzu starke Verwendung subtiler Macht würden aber Welt und Kosmos aus dem Gleichgewicht gebracht. DAS müsste er wissen. Wie sehnsüchtig nach Liebe, wie begabt und verzweifelt musste ER gewesen sein, dass er seine Mittel mit so viel Umsicht, Wartekunst, Klarheit, Kraft und Raffinesse anwandte. Er, Saint-Aignan, hatte kaum jemand im Machtmetier gesehen, der nicht einen kleinen Körperschaden gehabt hätte. Wo lag er bei IHM?

Seine Zeichnungen! Die vielen Eingeschlafenen. Alle ein wenig in sich gekrümmt und nach rechts gegen die Sessellehne gesunken.

Der Herzog dozierte. Goethe sei entweder in einem Stadthaus oder im Ilmpark. Weimar bot mehr Möglichkeiten und war schwerer zu übersehen. Eine Schwadron Infanterie solle mit gefälltem Bajonett durch jedes Haus. Eine Schwadron Husaren solle den Ilmpark umstellen. Alle Bürger der Stadt sollten sich auf dem freien Feld zwischen Hölzchen und Schießhaus versammeln. Er werde die leeren Häuser persönlich mit einer Schar ...

„Es sind Preußen, Russen, sogar Schweden in der Stadt", sagte Riemer, „verhetzt und im Kopf schon im nächsten Gefecht. Es wäre die Lunte ins Pulverfass! Die Marodeurs haben unbedacht gehandelt. Man warte doch, bis eine Forderung kommt. Man folge dem Überbringer und – hat den Geheimen Rat."

„Nicht einen Augenblick warten", sagte August, der sich erholt hatte und dem Gespräch vom Klavier aus folgte, „vielleicht lebt er gar nicht mehr, und wir können wenigstens seine Leiche ..."

„Jemineh", sagte Christiane, die mit dem Wein kam, „das würde alle recht betrübt machen."

„Und wenn wir eine Kette reitender Vorposten zwischen Ackerfeld und Krautländern auf die Stadt bewegten?", sagte Carl-August.

„Irgendwas müssen wir ja tun", sagte Ottilie.

„ER ist doch unser und dem gnädigen Herrn sein Freund", sagte Christiane, und blickte Ottilie dankbar an.

„Wenn man die Leiche hätte, könnte man sie waschen", sagte August, „wenn die Marodeurs sie nicht unkenntlich gemacht haben, um Spuren zu verwischen. Dann wäre er freilich fort wie vom Winde verweht, ohne dass was von ihm übrig bliebe." „Ein Schock", sagte Riemer, „kenne ich vom Gefecht. Kann noch schlimmer werden."

„Freilich würde ich es genauso machen, wenn ich Marodeur wäre", fuhr August fort, „unkenntlich! Zumindest das Gesicht, damit ihn keiner mehr erkennt. Waschen könnten wir ihn ja immer noch."

Die Tür zum Junozimmer ging auf. Goethe stand im Raum. Er ließ den Blick herumschweifen und heftete die stechenden braunen Augen auf seinen Sohn.

„Das ist ja eine schöne Grabrede", sagte er.

„Bester Vater", sagte Ottilie, „sind Sie es wirklich?"

„Wenn ich's nicht bin, wer ist es dann?" sagte Goethe. Dieser mittelgroße, fette Mann mit den Hängebacken, den krummen gelben Zähnen und der Beherrschung eines Hofbeamten sollte Goethe sein? Er wirkte kalt und wütend, bis auf die gescheiten, schnellen Augen unter den knochigen Jochbögen. Das verzaubernde Feuer seines Blickes, von dem alle erzählt hatten, gab es gar nicht. Sein Blick ließ einen verstohlen nach dem Gürtel tasten, ob der Degen noch da war. Schnell war dieser Blick, ungeheuer schnell. Unter den Augen hingen Tränensäcke. Die Falten in der gealterten, sonnenbraunen Haut. Er konnte fünfundsiebzig oder älter sein, aber nicht vierundsechzig. Auf den Bildern hatte man ihn nur gut getroffen, wenn man Malerschminke und Hofmaske abzog. SEIN Gesichtsausdruck: als habe er gerade eine flotte Sünde begangen, die er verbergen wolle. „Guten Abend", sagte Goethe. Er lachte weder, noch lächelte er.

Er ist trotz all seiner Runzeln eitel, dachte der Herzog. Ein Lachen wäre angebracht, der Atmosphäre wegen. Aber ein Anflug davon machte ihm eine Habichtsnase. Man wusste, dass ER es wusste.

Carl August ging auf den Freund zu. Jetzt lachte Goethe doch. Die Augenrunzeln wurden stärker, und man sah die krummen gelben Zähne. Sein Vorderhaar war weggeschoren, an den Seiten ausgekämmt und mit dem Bleikamm dunkel gefärbt. Die Wurzeln wuchsen schon wieder weiß nach.

„Ich freue mich", sagte er, „all diese lieben Gäste zu begrüßen." Er sprach wie ein Geschäftsmann.

Dein Mund ist schön, dachte der Herzog. Er ist zwar nah an der Nase, aber klein, sinnlich und ausdrucksstark. Frauen, wenn sie Männer abschätzten, haben diesen Blick. Die Kleidung eines besseren Kanzleibeamten. Brauner Hausrock mit doppeltem Kragen und stoffbezogenen Knöpfen. Die weiße, saubere Leinenbinde im Nacken zugebunden, aber etwas verrutscht und leicht verknittert. Eine grau-blau gestreifte Hausweste aus Manchester, graue Wollhosen mit Bändern an den Knien und weiche Schuhe aus Kalbsleder. „Vater", sagte Ottilie, „Sie sind ja gar nicht marodiert!"

„Das wäre auch ein wenig weit gegangen", sagte Goethe.

„Und wo waren Sie?"

„Ich bin hinunter, mich umzusehen. Man verschrumpft ja in dem engen Hauswesen. Im Innenhof sah ich unsere Kutsche. Ich stieg hinein, um sie zu prüfen. In den Polstern muß ich wohl ein wenig geschlummert haben."

„Du wirst dich verkühlt haben", sagte Christiane, „ich lauf und hol eine Decke!"

„Nicht nötig", sagte Goethe, ging quer durchs Zimmer und stellte sich an den Ofen. „Ich habe hübsch geträumt in der Kutsche, von Frankfurt, Offenbach und Leipzig. Hätte ich einen Bleistift gehabt, ich hätte es aufgeschrieben."

Er nahm sich ein Stück Biskuit von dem fast abgeräumten Tisch, biß davon ab und murmelte etwas.

„Dann habt ihr mich nicht gefunden und geglaubt, ich sei unter die Marodeure gefallen."

„Ihnen in Ihrer Kutsche war es freilich leichter, Exzellenz", sagte Riemer, „wir aber waren krank vor Angst."

„Höchst lächerlich", sagte Goethe, „glauben Sie denn, dass ich die Sottise begangen hätte, unter Marodeurs zu fallen!"

„Man kann nie wissen", sagte Christiane, „der Sohn hatte solche Angst!"

„Ich sollte meinen", sagte Goethe und sah seinen Sohn von der Seite an, der, nicht groß, jung und dicklich-zart, in seiner zerrissenen, quastengeschmückten, grünen polnischen Jacke auf dem Klavierschemel saß und an einem Glas Wein nippte. „Ich bitte den Geheimen Rat, es dem Sohn nicht anzurechnen", sagte Riemer, „ich habe im Felde stärkere Fälle von Schock erlebt. Es kann jeden treffen!"

„Den einen trifft's, den andern nicht. Aber wie, in aller Welt, seid ihr auf den Gedanken von Marodeurs verfallen?"

„Ja, sind Sie denn nicht von zwei Franzen, das Bajonett im Rücken, weggeführt worden?"

„Es bleibt zu wissen übrig", sagte Goethe, „wie ich an zwei Orten gleichzeitig hätte sein sollen? In der Kutsche UND bei den Marodeurs!"

„Wie ich mich freue!" sagte Christiane, „aber wer war dann der Entführte?"

„Mir ist, als würde ich von einem Schwindel ergriffen", sagte Riemer.

„Höchst lächerlich", sagte Goethe, „wie soll der angeblich Entführte denn ausgesehen haben?"

„Wie du", sagte Christiane, „im blauen Hausrock! Schumann und Böhme haben ihn deutlich gesehen."

„Meiner ist braun", sagte Goethe.

„Dann war es Doktor Krafft", sagte Christiane, „ich habe ihm ja selbst deinen blauen Rock gebracht, weil ihn fror! Er ist höchstens eine Viertelstunde nach dir hinunter, um nach dir zu suchen."

Das ist die beste Geschichte, die ich je erlebt habe, dachte der Herzog, Goethe folgt seiner Intuition und legt sich nachts in seine Kutsche, und eines seiner Faktota muss die Entführung ausbaden, die das Schicksal IHM zugedacht hat. Es fürchte die Götter das Menschengeschlecht. Sie halten die Herrschaft in ewigen Händen und können sie brauchen, wie's ihnen gefällt. Krafft also! Er erinnerte sich an einen dünnen, mittelgroßen Mann mit unsteten blauen Augen, den er ein- oder zweimal durch die Tür gesehen hatte. Jetzt wurde sein Schicksal entschieden.

„Wer weiß alles davon?", fragte Goethe.

Die entscheidende Frage, dachte der Herzog. Waren es wenige, konnte man sie zum Schweigen vergattern. Waren es mehr, wären sein Ruf und sein Renommé, auch der seines Zuflüsterers hinüber, wenn herauskam, dass sie einen halbamtlichen Zuträger mit vollem Wissen seinem Schicksal überlassen hatten. Es würden sich dann noch weniger Leute für das Metier finden.

KAPITEL 17

LE GRAND und Seignerolles vermuteten Krafft nicht so nahe am Wasser. Die Wiese war tief. Die Ufersteine waren glitschig. In weiten Bögen umkreisten sie die Stelle, wo er steckte. Seignerolles bog mit beiden Armen Zweige und Äste auseinander. Le Grand sicherte mit dem Bajonett. Krafft wollte sich enger in den Busch kauern und rutschte mit dem Unterkörper ins Wasser. Die beiden Soldaten hatten das Geräusch gehört, bekamen die Richtung nicht heraus und flüsterten.

Er war doch höchstens zehn Minuten nach Goethe in den Garten gegangen. Goethe hatte ins Brettlhaus gewollt. Hatten sie IHN beobachtet und anschließend ihn, Johann Jakob Schwachinger, der Krafft genannt wurde, für Goethe gehalten? Aber wo war Goethe? Wo immer ER hingegangen war, man würde annehmen, auch Krafft sei wieder zu Hause.

Er wollte es durchgrübeln. Hatte Goethe einen Spaziergang gemacht und war wieder zu Hause, dann würde man auch ihn, Krafft, in seiner Wohnung in der Windischen Gasse vermuten. Selbst wenn sie dort nach ihm suchten, er könnte ja in dieser Nacht unterwegs sein wie viele andere. Wenn Goethe nicht die Widersprüche roch, wenn er sein gnomisch verschlossenes Herz nicht einer zarten Regung, für ihn, Krafft, öffnete, war er verloren, wenn ...

Da tritt kein anderer für ihn ein. Auf sich selber steht er ganz allein. Was jetzt passierte, hing nicht mehr davon ab, was ER von ihm dachte. Seine Verfolger waren fünf, sechs Meter von ihm entfernt.

Er durfte sich jetzt nicht nach IHM richten. Nicht nach IHM. Nicht! „Nicht denken in so einer Lage", pflegte ER zu sagen. „Handeln, wie ein Landstreicher, ein Pächter, ein Zigeuner. Das Tun, ohne zu denken, aus der Weisheit unterhalb des Hirns gesaugt. Aus dem Wesen der Frau, dem „Zarten" im Mann. Aus dem Mutterwitz, dem Geist der Mandarins. Aus dem Schauen. Dem An-Schauen.

Aber, er Krafft-Schwachinger, musste grübeln. Manchmal machte er sich sogar Tabellen, auf denen rechts die Gründe dafür und links die dagegen standen. Auf SEINEN Rat hatte er mal die Spalten vertauscht und war zu ganz andern Ergebnissen gekommen. DIESER MANN goß SEINE Verrücktheit in die Welt.

Irgendwer hatte ihn in den flachen Fluss gegossen. Die Handfesseln hatten sich aufgelöst. Es wasserte über ihn. Er hatte ein Rohr im Mund, dadurch atmete er. Aus dem Busch, in dem er hätte liegen müssen, hörte er eine Stimme: „Il n'est pas ici!" Der eine stand davor und tastete mit ausgebreiteten Armen darin herum. Hingabe ans Wasser. Liebesleidenschaft. Zerfließen, während die zwei den letzten Busch vor dem Ufer betasteten. So stimmen sich die

Saiten hin und wieder, bis glücklich eine schöne Harmonie aufs neue sie verbindet. Durch das Rohr kam Luft in seinen Mund, der im Wasser lag.

Goethe hätte mit seiner Entführung wohl von einem noch unentdeckt gebliebenen Teil seiner Vergangenheit eingeholt werden sollen. Ohne es bewusst zu wollen, hatte er das Schicksal dazu gebracht, sich auf ihn, Krafft, zu werfen. Was verband sie denn? Goethes Vater war einer der reichsten Männer Frankfurts, hatte von den Zinsen seines Vermögens gelebt und seine Kinder zu Genies erzogen. Aber noch sein Großvater war ein zugewanderter Schneider aus Lyon gewesen.

Auch sein Großvater war Schneider gewesen. Er selbst war zwischen den sanft geschwungenen Getreidefeldern des Dorfes Umpferstedt, drei Meilen südöstlich von Weimar aufgewachsen. Das kleine Dorf. Die mit dem Unkraut fest verwachsenen Zäune. Die Kate, die er mit Vater, Mutter, Großvater und zwei Kühen geteilt hatte. Die kleine Streu, die sie im Winter an Hausierer und Kesselflicker vermieteten. Schon mit fünf Jahren hatte er Wildenten im Aufflug gefangen, Vogelnester geplündert und die Eier der Mutter gebracht. Die hatte sie in die Buchweizenpfannkuchen gegeben und mit aufgekochter Milch und Ahornsaft auf den Tisch gebracht. Zweiundachtzig hatte der Vater die Niedermühle im Brühl bekommen. Aber seit dem Feldzug von zweiundneunzig hatte sein Unterleib gestockt. Die Ausdünstung war gehemmt, und er war trübsinnig geworden. Zuletzt hatte die Mutter für ihn schreiben müssen, wenn er Ein- und Verkauf abrechnete. Er hätte das Bad in Berka oder Kleidung aus Flanell gebraucht. Die Mutter hatte Schafwolle aufgesponnen und verkauft. Er hatte trotz Zahnweh und Erkältungsfieber keine Jacke daraus bekommen.

Die Kräche, wenn die Bauern Getreide zurückhielten, weil sie Saatgut brauchten und das Mehl im Voraus verkauft war. Das Gejammer, wenn er und seine Schwester sich abends um die Mutter drängten und er vom Sofa her hinter dem Landsturmblatt schrie: „Die Kammer hat mich doch lang auf ihrer Schwarzen Liste!" Das war neunundsechzig gewesen. Da dachte hier niemand an Goethe. Die Mutter schrie kalt zurück. Dann setzten sie sich an den Küchentisch und machten Briefentwürfe. Der Vater tat, als wolle er was Freches schreiben. Die Mutter stellte sich, als müsse sie ihn mäßigen. Die Erleichterung, wenn etwas Untertäniges auf dem Papier stand.

Wäre er selbstbewusster gewesen, wäre er Verwalter des Hofguts geworden. Aber mit dem Tod des Kammerpräsidenten verlor er seinen einzigen Fürsprecher. So war er bis zu seinem Tod im Jahr fünfundachtzig ein Mühlensubalterner geblieben, Prellbock zwischen den Bauern und der herzoglichen Kammer. Die Schwester war in Oberweimar in Stellung gegangen. Der Bruder war in die württembergische Pflanzschule gegangen und hatte Advokat werden dürfen. Über ein Bittschreiben war er an Goethe geraten und war dessen bezahltes Faktotum geworden. Die gleiche grunduntertänige Hundetreue bewiesen wie sein Vater. Nie hatte er es verstanden, sich etwas zu nehmen wie DER ANDERE. Vierundachtzig hatte er ein Judenmädchen vom Zimmerplatz geliebt. Er hatte sich's vom Vater verbieten lassen. Ungeduld, blindes Wollen und ein schnelles, vogelhaftes Eingreifen der Mutter hatten alles geordnete Handeln verhindert und Pläne schon im Entstehen erstickt. Der Vater gewöhnte sich an, gleich nach der Arbeit in die Mühlenwohnung zu kommen und mit der spartanischen Zuwendung der Mutter oder dem, was sie dafür ausgab, auszukommen. Er war zäh wie ein Zeck und mimte auch schon mal einen weinerlichen Wutanfall, wenn er sich wehren wollte.

Er, Johann-Jakob, hatte es anfangs mit dem Gejammer der Mutter gehalten. Ein paarmal war er sogar aus der Dorfschule mit den Worten zur Mutter gekommen: „Das kann ich auch zu Hause haben." Die Mutter war ein paar Tage lang gerührt gewesen. Er war aber doch wieder zur Schule gegangen, denn der Lehrer verstand zu denken und brachte Klarheit in den Kopf. Die Mutter hatte noch drei Schwestern, die waren viel freundlicher, obgleich sie unverheiratet in Stellung lebten. Hätte die Campagne gegen den Franzosen im Jahr zweiundneunzig nicht die meisten Männer aus dem Haus gerissen, hätte der Großvater sie alle drei verheiratet wie seine Mutter.

Es rauschte im Kopf. Er lag im Wasser. Die beiden Marodeure waren fort. Nicht die Ahnung ihrer Stimmen. Kein Gefühl, dass sie noch nahe wären. Mit fünf Jahren, als er zu ersten Mal auf Vogelnester gegangen war, hatte er sich auf dies Gefühl verlassen können. Jetzt, wo er es brauchte, war es wieder da. Das ist der Urquell der Natur, daraus ich schöpfend Himmel fühl und Leben.

KAPITEL 18

„DU BIST es gar nicht", sagte August.

„Dann bin ich eben ein Geist", sagte Goethe und stellte sich wieder an den Ofen.

„Ich wehre mich", sagte August, „aber ich werde dich nicht beschimpfen!"

„Leontodon taraxacon, Ottilie. Die kleinste Dosis. Die Kleinsten sind die Stärksten. Ein Zehntausendstel, glaubt ihr doch auch an den Teufel?"

„Nicht einen Augenblick", sagte Riemer.

„Was ist jetzt mit dem Verschwundenen?" fragte Christiane.

„Eine Frage der Ethik", sagte Riemer, „wir wollen die Suche besprechen."

„Das Ethische ist korrekt", sagte Goethe, „aber was ist da viel zu besprechen?"

„Er meint, dass man nicht aus dem Augenblick heraus entscheiden soll", sagte August.

„Nichts ist schrecklicher", sagte Goethe, „als wenn jemand nicht Herr seiner Sinne ist, wodurch seine Entscheidungen sogleich null sind ..."

„Ob wir das ganze herzogliche Militär wegen eines einzigen Untertanen ...", begann Riemer.

„Von Krafft?", fragte Ottilie.

„Nur Krafft", sagte Christiane, „er kommt zum Diktat, kopiert recht gut. Manchmal unterhält er sich auch nur mit dem Geheimen Rat ..."

„Setzen wir uns in Erwartung einer warmen Suppe", sagte Goethe. Christiane verschwand und Goethe fragte:

„Wie denn? Wir weckten die Soldaten und machten ihnen Appetit auf ähnliche Entreprisen."

„So sagt es das Handbuch!", sagte Carl August.

„Manchmal muß man von der Regel abweichen, um keinen Fehler zu machen", sagte Goethe, „die alten Strategen machten überhaupt nicht so viel Pläne auf dem Papier."

„Ja, was würdest du denn machen?", fragte Carl August.

„Ich würde mir überlegen, was Krafft denkt. Er ist geistig, wie körperlich naturkräftig ausgestattet. Er wird sich allein herausziehen."

„Man muß gut bezahlt sein, um so zu lügen", rief August, „ein kleiner Untertan wie Krafft zählt für euch gar nicht."

„Ihm wird klar werden, dass er mit mir verwechselt wurde. Er wird sich überlegen, was wir denken, besser: was wir denken müßten, wenn wir mit Kraffts Gedanken dächten ..."

„Du Lügner und Verdreher", rief August, „du willst ihn fallenlassen!"

„Es geht darum", sagte Riemer, „zwischen einem einzigen und mehreren Menschenleben ethisch abzuwägen!"

„Ethisch abwägen!", schrie August, „DER DA ist zurück, und der Rest ist euch egal!"

„Ich bin aufrichtig gewesen", sagte Goethe, „niemals hat Mitleid einen Entführten zurückgebracht!"

„Ganz ohne Frage", sagte Carl-August.

„Wir sind zu human geworden", sagte Ottilie. Es entstand eine Pause, in der Goethe vor den Fenstern auf und ab ging. Christiane hatte eine Terrine Brotsuppe aufs Klavier gestellt und schenkte jedem eine Tasse ein.

„Könnte der französische General nicht helfen?", fragte Christiane.

„Er wird wegen Krafft einen Suchtrupp ausschicken, jetzt um ein Uhr nachts", sagte Ottilie, „und Weimar ist nicht nur von Franzosen besetzt."

„Und wenn wir die Franzosen im Glauben ließen, ich sei der Entführte", sagte Goethe, „nach dem alten Ratgeber des Herzogs wird man eher suchen."

„Früher vielleicht", sagte Ottilie.

„Wenn man Krafft statt Goethe findet", sagte Riemer, „wird es für Goethe und unseren Herzog Vorwürfe über Vorwürfe geben."

„Ich könnte mich noch einmal verstecken", sagte Goethe.

„Wo denn?" fragte Riemer, „wieder in der Kutsche?"

„Irgendwo hier im Haus", sagte Goethe.

„Ich darf offiziell nicht das Mindeste davon wissen", sagte der Herzog.

„Ich könnte unterdessen etwas erzählen", sagte Goethe.

„Oh ja, Excellenz, erzählen Sie etwas von früher", rief Ottilie. „Vielleicht später, erst müssen wir entscheiden, wie es hier drin weitergeht."

„Ich entscheide", sagte Carl-August, „von Egloffstein reitet nach Rudolstadt, in Begleitung von fünf Husaren. Im Fürstenhaus hat General Durutte seinen Gefechtsstand. Man sagt die Parole, läßt sich dem General persönlich melden und hält Vortrag, dass Goethe, mein Freund und Ratgeber, von französischen Marodeuren entführt wurde, um Lösegeld zu erpressen. Man soll Durutte im Glauben lassen, wir wüßten noch nichts von der verlorenen Leipziger Schlacht. Ja, wir seien sogar bereit, den Franzosen weitere eintausend Freiwillige, Husaren, Grenadiere und Geschützbedienung zu gleichen Teilen zu stellen. Eine Sauvegarde müsste aber Stadt und Ilmpark durchkämmen, um nach meinem verschwundenen Freund zu suchen. Diesen fetten Bissen wird sich kein General der Welt entgehen lassen. Und vielleicht wird mein Freund Goethe seinen verschwundenen Sekretär dadurch zurückerhalten."

KAPITEL 19

KRAFFT HOB den Kopf aus dem Wasser. Alle beiden Marodeure waren fort. Er hörte nur das sanfte Gluckern des Regens, der nun eingesetzt hatte und ein leichtes Wipfelrauschen der Bäume im Ilmpark. Wo sollte er hin? Am besten zurück ins Goethehaus. Dort würde man sein Verschwinden entdeckt haben und schon lange nach ihm suchen. Von seiner Entführung wusste aber niemand, wenn Schumann und Böhme ihn nicht gesehen und etwas gemeldet hatten. Aber dann hätten sie aufgrund des Hausrockes immer noch glauben können, dass es Goethe war. Dieser Irrtum konnte aber keine fünf Minuten gedauert haben. Denn Goethe musste im Haus sein.

Er ging langsam die leicht ansteigende Strecke nach Weimar hinein. An Charlotte von Steins Haus vorbei durch die Seifengasse. Nun stand er zwischen den vielen biwakierenden Soldaten auf dem Frauenplan und blickte nach oben. Die Versammlung hatte sich, ganz wie er gedacht hatte, im Junozimmer zusammengefunden. Seit seiner Entführung waren vielleicht fünf Stunden vergangen und die saßen immer noch dort oben und debattierten. Er sah den schweren Kopf des Herzogs neben dem Vogelprofil von Ottilie von Pogwisch. Daneben Charlotte von Stein. Es war alles aufgeboten worden. Aber zu einer Entscheidung waren die dort oben offensichtlich nicht gelangt. Die Fenster waren geöffnet, und man konnte fast jedes Wort, das da oben gesprochen wurde, hier unten hören. Erst vernahm Krafft nur Stimmengewirr. Dann löste sich Goethes Stimme aus dem Gemurmel: „... Er ist geistig wie körperlich naturkräftig ausgestattet. Er wird sich allein herausziehen!" Unmittelbar danach Augusts Antwort: „Man muß gut bezahlt sein, um so zu lügen. Ein kleiner Untertan wie Krafft zählt für euch gar nicht!" Der Schrecken fuhr ihm mächtig in die Glieder. So viel war er Goethe also wert. Er blickte an sich hinab. Erst jetzt bemerkte er, dass er klitschnass war, dazu ausgekühlt vom Spaziergang durch die Ilmauen nach Weimar hoch. Er blickte sich um. Er stand in der Dunkelheit inmitten von Soldatenzelten. Und wenn die beiden Marodeure hier nach ihm suchten? Nein, daran würden sie nicht denken. Der Schock saß tief. DER DA hatte ihm viel Geld gegeben. Einen kleinen Suchtrupp hätte er aber wirklich nach ihm ausschicken können. Mitten in diese Gesellschaft, zwischen den Worten, die er soeben gehört hatte, wollte er nicht hineinplatzen. Man würde ihn, mit dessen Verschwinden man sich soeben abgefunden hatte, scheinheilig begrüßen und DER DA würde seine Wiedergeburt feiern. Nein, wenn er DIESEM jetzt gegenübertrat, musste eine Entscheidung fallen. Er musste sich erst einmal über den ganzen Menschen und seine Beziehung zu ihm Rechenschaft ablegen.

Wer war DER ANDERE eigentlich? Ein vom Glück Begünstigter, dachte Krafft, sein Vater war Millionär gewesen, und er war mit diesem Talent auf die Welt gekommen, das zu pflegen er als seine einzige Aufgabe angesehen hatte. Der frühe Privatunterricht. Dazu das Gespür für das, was in und außerhalb seiner Zeit fruchtbar sein würde. Ein Künstler, Wissenschaftler und Organisator, der erkannt hatte, was die Welt im Innersten zusammenhielt und was zutiefst modern und doch zeitlos war.

Die Zeit SEINER größten Krise war mit der Französischen Revolution zusammengefallen. Erst spätere Generationen würden feststellen, was beide Ereignisse für die Kulturgeschichte der Menschheit bedeuteten. Jeder unbedeutenden literarischen Richtung hatte er sich angeschlossen ... und war über sie hinausgewachsen. Kamen Antagonisten in seinem Werk vor, so war ER immer beide zugleich: Faust und Mephisto, Tasso und Antonio. Diese Fähigkeit, beide Seiten zugleich denken zu können, war es, die IHN über ihn, Krafft-Schwachinger und seinesgleichen emporhob. Aber trotz der vielen Metamorphosen hatte der Kern seines Wesens keinen Schaden erlitten, anders als bei ihm, Krafft-Schwachinger. Noch nach Jahrhunderten würden die Menschen hinter den verschiedenen Fassaden den „Kern seines Wesens" suchen, um nichts, als sich selbst zu finden, so wie es ihm, Krafft, nicht gelungen war, sich dem verbergenden Wesen seines Gegenübers im Gespräch zu nähern.

Vielleicht war es ja auch einfach nur Charakterlosigkeit, aber die hätte Schiller vor ihm durchschaut und sich sogleich von ihm zurückgezogen. Die eigentliche Charakterlosigkeit bestand einfach in seiner Unfähigkeit, „Nein" zu sagen. Aber vielleicht würde diese positive Lebenshaltung, ihm, Krafft, das Leben retten. Andererseits war Goethe wechselhaft. Und er, Krafft, hatte diesen Wechsel nicht nur in ihren Gesprächen, sondern auch in seinem Werk als Wechsel der Stilebenen bemerkt. Wechselnde Aneignungen! ER war ein Meister der Aneignung, besonders der Aneignung von edleren Naturen. Es fiel ihm dann aber ein, dass er hier und in dieser Nacht mit dem Schicksal einer Jahrtausendgestalt zusammengestoßen war. Er musste, ob er wollte oder nicht, dieser Figur Paroli bieten, wenn er überleben wollte. Resumée: Er musste sich selbst noch einmal gegen diesen aufrechnen, wenn er wissen wollte, wer er war. Denn die Verschmelzung war schon zu weit gediehen. „Dass ich Dir's mit einem Worte sage: mich selbst, ganz wie ich da bin, auszubilden."

Er, Krafft, hatte das zeitweilig und episodisch auch versucht. Aber im Grunde hatte er Zeit seines Daseins um sein diesseitiges Überleben gekämpft. „In Deutschland ist nur dem Edelmann eine gewisse allgemeine Ausbildung möglich." Dahin strebte ER und das war sein geheimes Vorbild. Er, Johann Jakob Schwachinger, der sogar den nom de guèrre von ihm hatte, Schwachinger aus Umpferstedt, hatte verbissen an sich selbst gearbeitet. Von der harten, starrsinnigen Mutter immer auf eine Stelle als Hofbeamter hingelenkt (eine Stelle um die sich zwanzig, dreißig Männer ohne Anspruch auf ein Gehalt bewerben), hatte er es doch verstanden, sich ein eigenes inneres Räumchen einzurichten, in dem er seine Dichterträume nährte.

In diesem Augenblick war er sich selbst so nahe, dass er SEINE Worte auch auf sich selbst anwenden konnte: „Ich habe, wie die Sachen jetzt stehen, an mich selbst zu denken!" Aber hatte DIESER nicht in seinem „Wilhelm Meister" die Meinung vertreten, dass ein junger Mensch gehorchen müsse, wenn ihm weise Freunde raten. So jung war er nicht mehr; er konnte nur überleben, wenn er nunmehr ausschließlich an sich selber dachte, auch wenn er mit dem Dämonischen in DIESEM DA kollidierte. Vielleicht hatte er ja schon ein Stück von IHM verinnerlicht. Vielleicht half ihm dies jetzt, diese Gedanken zu haben und sich von IHM abzusetzen. Er war ein gespaltener Mensch und damit moderner als Goethe. Vielleicht hing damit auch zusammen, dass heute Nacht diese Fülle von Fragen auftauchte, die er in keine Reihenfolge bringen konnte. Er würde es wie ER machen und sie unsystematisch beantworten, gerade so, wie sie ihm in den Kopf kamen. Er spürte jetzt: Wenn er diese Fragen nur in sich würde aufkommen lassen, ohne sie sogleich beantworten zu müssen, würde die Auseinandersetzung im Kopf glücken. War sie im Kopf geglückt, dann war sie auch in der Wirklichkeit geglückt.

Wo war der Bogen zu spannen zwischen dem unruhigen, begabten Somnambulen aus Frankfurt am Main, dem Söhnchen aus reichem Hause und dem etikettbewussten, schreibenden Hofbeamten und Mädchenliebhaber. Etwas musste es geben, ein tertium comparationis, das er, Krafft, noch nicht herausbekommen hatte. Aber schon allein seine Frage nahm SEINER Person das Runde, Unangreifbare, das ihn immer von ihr zurückgestoßen und ihn, Krafft, doch an sich gebunden hatte. Hatte er nicht Riemer auf die gleiche Weise an sich gefesselt: Erst als Hauslehrer seines Sohnes, dann als Sekretär, schließlich als Freund und Mitarbeiter, sodass dieser nie mehr zur Fortsetzung der schon angetretenen Hochschullaufbahn kam?

Ohne dass er es wollte, trat Goethe noch mal vor sein inneres Auge. Er hatte sich in seiner Jugend an alle möglichen Frauen herangedrückt, Lottes, Lilis, Gretchens und Friederikens. Aber keine außer einer (und wer weiß warum?) hatte ihn so richtig gewollt. Und warum nicht? Weil er so hässlich war. Abgrundtief häßlich. Jeder musste es gewußt haben; aber nie hatte es jemand ausgesprochen. Er kannte den 64-jährigen und seine Bildnisse von Lips bis Kraus: die Kuhaugen, die aus dem Kopf quollen, die gehöckerte Ziegennase, die fast bis auf die dicken, wulstigen Lippen reichte. Etwas Negroid-Krankes hatte er auf dem Bild von Kraus, wo er einen Schattenriß seiner verstorbenen Schwester anstarrte, als würde er um sie trauern. Dabei hatte er sie selber dem gottlosen Schlosser in die Arme getrieben, damit er das Haus in Frankfurt für sich allein hatte. „Ich dulde keinen Schwager im Haus." Und heute? – Er war immer noch hässlich. Aber die Maler hatten seine Häßlichkeit ins Überzeitlich-Bedeutungsvolle stilisiert. Und das redeten einige Zeitgenossen schön. Krafft schämte sich vor Christiane, die sicher nach Goethe suchte. Mit seiner Hässlichkeit und seinem irrlichternden Wesen hatte er es nie vermocht, eine Frau auf Dauer an sich zu binden, außer dieser „allgemeinen Hure", wie die Herder sie genannt hatte, die er sein „kleines Erotikon" nannte. Und selbst bei dieser war er voller Eifersucht, die er hinter Arroganz und Schulmeisterei verbarg. Das kam aber heraus, wenn so ein Unheimlich-Umtriebiger politische Macht in die Hände bekam.

Krafft begann sich plötzlich noch stärker zu schämen. Aber das hing sicher damit zusammen, dass er IHN noch nicht vollständig aus sich vertrieben hatte.

Die Symbiose war noch zu stark. Wenn er ihn ganz aus sich vertreiben wollte, musste er ungerecht sein. Aber was war Gerechtigkeit? Hatte nicht Schiller einmal gesagt: „Dieser Charakter gefällt mir nicht. In der Nähe eines solchen Menschen wäre mir nicht wohl." Sie, die da oben alle versammelt im Junozimmer standen - er konnte ihre Schatten hinter den Fenstern sehen -, sie alle konnten ihn, Kraft, doch nicht aufgegeben haben. Inzwischen wussten sie alle dort oben, dass er, Krafft, entführt war und nicht der, den sie „den Meister" nannten. Und dieser? ER-selbst? Er versuchte, sich in Goethes Gedanken einzufühlen. Wahrscheinlich weiß er gar nicht, dass ich entkommen bin. Aber wenn er es ahnt, halb weiß. – wenn Goethe weiß, dass ich weiß, dass er weiß, dass ich entkommen bin ... Ein solches Denken ging nicht, es führte im Kreise. War das noch Vernunft, was er hier vor diesem Brunnen, unerkannt inmitten der biwakierenden Kosaken dachte? Raison? Goethe war ein Freund faßlicher Gedanken und den Gedanken an seine geglückte Flucht würde er nie haben. Das Beste war, er ginge nach oben und bereitete dem gestikulierenden Meinungsaustausch ein Ende. Aber war er schon innerlich soweit, IHM jetzt da oben gegenüberzutreten, alle unausgesprochenen Gedanken und Vorwürfe verschleudernd, um von Neuem SEINE Kreatur zu werden, von Neuem den Zuträger, Schnellschreiber und Spitzel zu spielen. Er brauchte Zeit, um sich innerlich noch besser

von ihm abzugrenzen, bevor er IHM da oben gegenübertrat. Zuvor aber wollte er sich fragen, was sie eigentlich
verband. "Eine seltsame Persönlichkeit, die mit sich selbst
nicht einig werden konnte", so hatte er sich in einem Brie-
fe einmal selbst bezeichnet. Und genau dies traf auch auf
ihn, Johann-Jakob Schwachinger, genannt Krafft, zu. Er,
Krafft, war dieser Frage, wer er eigentlich war, vielleicht
zu intensiv nachgegangen und hatte seine Seele auch mit
den Wörtern des Pietismus zergliedert. Aber seine Gedanken hatten sich dabei immer im Kreis gedreht wie vorhin
und er war sich theoretisch zwar immer klüger, praktisch
aber immer lebensunkluger vorgekommen. Der ANDE-
RE hatte die Aufforderung: „Erkenne dich selbst" klüger
behandelt. Er hatte sie als ein Diktat geheimverbündeter
Priester abgetan, war in die Hände und Persönlichkeiten
seiner Figuren geschlüpft und hatte sich darin ausgelebt.
Die Realität seiner Existenz bewies ihm, Krafft, dass das
der bessere Weg gewesen war. Der Weg, Kunst und Leben zu einer Einheit zu verbinden. Ihn, Krafft, hatten der
Broterwerb, das Stundengeben, Grübeln, Spitzeln und Be-
richte schreiben oft die besten Stunden des Tages gekostet.
DER DA aber hatte eine unsichtbare Ebene gefunden, in
der Kunst und Leben zu einem Zwischenreich zusammen-
schmolzen. Auf dieser Ebene lebte Goethe und er verstand
es, sie bei anderen Menschen zu ermitteln. Krafft trat wieder in den nächtlichen Häuserschatten zurück. Bevor er
nach oben ging, sich zeigte und alles aufklärte, musste er
zu größerer innerer Gewissheit über sich und Goethe kommen. - Der 64-jährige war ein Mann von Weltgeltung geworden, Repräsentant des deutschen Geistes, wenn nicht
des Geistes überhaupt. Er würde sich in einen ungleichen

Kampf begeben, aber seine Ressourcen waren noch nicht erschöpft. Er, Krafft, kannte den ANDEREN besser als Viele, und darin lag ein Vorteil. Ihm wurde gerade klar, dass Goethe wahrscheinlich gar kein Konzept hatte, sondern - wie immer - aus der Situation heraus entschied: „Ich für mich kann bei den mannigfaltigen Richtungen meines Wesens, nicht an einer Denkweise genug haben."

Goethe würde bei den Überlegungen, die die Versammlung da oben gerade über ihn anstellte, nur von sich ausgehen und an sich selbst denken; „Ich habe bemerkt, dass ich den Gedanken für wahr halte, der für mich fruchtbar ist". Fruchtbar war das Subjektive, und das würde bei seinen Entscheidungen die Oberhand behalten. Ein jäher Gedanke schoß ihm durch den Kopf: Und wenn auch seine „Farbenlehre" nichts als eine große Metapher wäre, nur dazu gedacht, dass die Menschen sich stärker auf ihre Subjektivität besönnen? – der Gedanke war so ungeheuerlich wie der ganze Mensch. Aber wenn es stimmte, dann lag ja etwas Pädagogisches darin und Pädagogisch-Sein bedeutete immer, etwas für den anderen zu tun: „Bilde mir nicht ein, ich könnte was lehren, die Menschen zu bessern und zu belehren". Dieser pädagogische Satz war ein Schwachpunkt in seiner Selbstherrlichkeit. Hier könnte er ansetzen.

Er zögerte innerlich bei dem Gedanken. Es würden noch Tausende und Abertausende von Büchern über ihn geschrieben werden. Aber vielleicht war der pädagogische Impetus nur ein Stück von seiner harten Kunst zu lügen. Seine Kunst, mit der Wahrheit zu lügen, würde keiner durchschauen. Mit dieser Kunst suchte er auf eine gewisse Art in sich selbst. Vielleicht würden ihm auch die Veränderungen in der Außenwelt zu Hilfe kommen. Aber er wusste ja nicht einmal, ob der Franzose bei Leipzig geschlagen war oder nicht. Nein, auch dafür hatte der ANDERE das bessere Rezept gefunden: „Die Außenwelt bewegt sich so heftig, dass jeder Einzelne bedroht ist, in den Strudel mit fortgerissen zu werden ... Da bleibt nun nichts übrig, als sich selbst zu sagen, nur der reinste und strengste Egoismus könne uns retten ...". Das war die Maxime, nach der ER handeln würde. Und er, Krafft-Schwachinger, würde diese Maxime nun für sich selbst gewinnen müssen. Aber er, Krafft, war zu Egoismus weder geboren noch erzogen worden. Er war von seiner Mutter (dem Vater war all dies gleichgültig gewesen) darauf abgerichtet worden, mit den Geschwistern zu teilen und sich anzupassen. Vom „reinen und strengen Egoismus" trennten ihn Welten. Aber er musste danach handeln, wenn er überleben wollte. Er fühlte, gerade jetzt, im Moment der Gefahr und der Auseinandersetzung, dass er noch ein Quäntchen davon in seiner Seele tragen musste. Nicht umsonst war ihm die Flucht vor seinen beiden Entführern gelungen.

Das war vielleicht wieder einer der kleinen Punkte, die er IHM voraushatte. Er konnte aus seiner Seele schöpfen, wo DER ANDERE aus der Sinnenwelt nahm. Schiller hatte das damals als Erster erkannt. Und wenn er, Krafft, seine Seele gliederte, dann war das große Leitmotiv sein Alleinsein gewesen. Selbst den kleinen Aufstieg aus dem Nichts des Flecken Umpferstedt zum Zuträger von Goethe hatte er allein sich selbst zu verdanken. Keine richtige Ausbildung, kein Geld fürs Studium der Theologie, das er so gerne begonnen hätte. Schreiberdienste unter verschiedenen Brotherren und eine tierhafte Zähigkeit, wenn es darum ging, Bücher zum Lesen zu ergattern. Die ersten

Gedichte gemacht. IHM nachempfunden. Dann die ersten, die ein persönliches Flair verströmten. Geahnt, wo sie zu drucken waren. Aber stets da gewesen waren die schweren Ketten seiner protestantischen Abrichtung. Die christliche Sinnenfeindschaft, die sein Leben erschöpft hatte. Das „oh Gott, oh Gott" seiner Mutter. Diese Frau! Nach außen immer geduckt und ohne Achtung gegenüber den eigenen Kindern. Er hatte keine Frau auf Dauer an sich binden können, weil er das Auskommen nicht hatte und die Ehe nicht anbieten konnte. Außer der einen, Margarete, die im „Erbprinzen" bediente und jetzt wahrscheinlich neben ihrer schnarchenden Mutter schlief.

Er ließ die Fähigkeiten, die er hatte, noch einmal vor seinem inneren Auge passieren. Ein Wort von IHM fiel ihm dabei ein: „Das Bewusstsein ist keine hinlängliche Waffe, ja manchmal eine gefährliche für den, der sie führt." Aber er war jetzt in der Lage, an diesen Worten zu zweifeln. Das Bewusstwerden von Fähigkeiten, die er DEM ANDEREN voraushatte, war die einzige Möglichkeit, sich abzugrenzen und etwas Ähnliches wie eine Abrechnung herbeizuführen. Er durfte nur keine Angst vor dem haben, was DER ANDERE „das Dämonische" in sich nannte. Er, Krafft, würde jetzt nach Maßstäben handeln, die mit Vernunft und moralischen Maßstäben nicht zu messen waren. Und SEINE Härte und Strenge, die ER „nur factice, nur Selbstverteidigung" genannt hatte, würde er gegen IHN selbst wenden. Er würde IHN am eigenen Leib spüren lassen, wie recht er mit seiner Behauptung hatte, dass das Subjektive dem absoluten ebenso Nahe sei wie das Objektive. Polarität hieß das Zauberwort. Er musste DEM DA zeigen, dass er sein inneres Gleichgewicht wiedergefunden hatte, Anmut, Heiterkeit, Fasslichkeit! Er musste in der Dunkelheit lachen, wenn er daran dachte, mit welchem Nimbus sich DIESER umgab! Er hatte ihn oft genug beobachtet, wenn er einmal seine Margarete mit in das Haus am Frauenplan brachte. Ressentiment, Neid und kaum verhülltes Begehren waren in SEINEN Augen, immer wenn DER sich seiner Freundin gegenübersah. Er, Krafft, wusste, welche essenzielle Ausstrahlung Namen für Goethe hatten.

Und seine Margarete, Margarete Reilli, die im „Erbprinzen" bediente, hatte ER eigentlich immer für sich beansprucht. Vielleicht dachte DER schon an den Trost, den er der Verlassenen spenden würde, wenn er, Krafft, nicht mehr zurückkehrte. „Er ist geistig wie körperlich naturkräftig ausgestattet. Er wird sich allein herausziehen!" Er würde es. Wenn auch in einem anderen Sinn, als DIESER DA beabsichtigt hatte. – Wo blieb denn jetzt SEINE ganze Wohltätigkeit, auf die er sich so viel zugutetat. Sie war nichts als ein ungeheures System, sich Leute zu verpflichten, ein Netzwerk von gegenseitigen Verpflichtungen in Gang zu bringen. Krafft trat einen Schritt nach vorn. Unter den erleuchteten Fenstern verschwanden die Konturen des breitflügligen Hauses in der Dunkelheit. Auch in der Mansarde brannte Licht. Seine Beine schickten sich an, nach oben zu gehen. Aber er besann sich und hielt inne. Er wusste doch, was er zu hören bekommen würde: falsche Wohltätigkeitssprüche, Ermunterungen, Glückwünsche. Im Grunde aber würden alle froh sein, dass es so gekommen war, wie DIESER es vorausgesagt hatte: „Er wird sich allein herausziehen!" Sollte es ihm dann nicht gehen wie Lenz, Klinger oder Merck oder auch Herder, der sogar nach inniger Freundschaft in Ungnade gefallen war. Man würde ihm gratulieren und sich nicht mehr weiter um ihn kümmern. Das Innerste seiner Existenz interessierte niemanden: „Es erschreckt sie wie ein Gespenst, die Selbstständigkeit, die, wie sie dunkel ahnen ...". Spalierlaufen vor den ausgestreckten Händen. Vater und Sohn würden sich wieder versöhnen. Riemer behielt seine Tiraden für sich. Der Herzog und die Stein könnten in ihre Betten. Er, Krafft, hatte nicht vor, ihnen diese Erleichterung zu verschaffen. Er würde in Zukunft ohne Goethe auskommen, gut und gern. Er würde Margarete bitten, mit ihm zusammenzuziehen, und sich nur noch seinen Sonetten widmen. Von dem Gesparten konnte er zwei Jahre leben. – Noch einmal ein kurzes Jucken in seinen Beinen, dann drehte er sich um und verschwand in der Dunkelheit.

Jens Korbus, 1943 in Ostpreußen geboren. Studierte Germanistik und Philosophie und unterrichtete, nach einem Zwischenspiel als Assistent an der Düsseldorfer Uni, an einem Koblenzer Gymnasium. 1988 erhielt er aus der Hand des rheinland-pfälzischen Kultusministers den Fachinger Kulturpreis für seinen Brief an Goethe. Er veröffentliche bis heute 17 Bücher.

Jens Korbus
Charlotte
Books on Demand
2015
ISBN: 978-
3738649390
48 Seiten
Preis 4,99 EUR

Goethe hat über seine Beziehung zu Charlotte von Stein zeit seines Lebens hartnäckig geschwiegen. In diesem fiktiven Gespräch mit Eckermann am 25.3.1825 spricht er zum ersten Mal darüber. – Dann kommt es zu einer Begegnung zwischen dem fünfundsiebzigjährigen Goethe und seiner dreiundachtzigjährigen Freundin.

Jens Korbus
Goethes schöne Mailänderin
Books on Demand
2016
ISBN: 978-3741241529
60 Seiten
Preis 5,99 EUR

Im Oktober 1787 lernte Goethe auf seiner Italienreise in Castel Gandolfo die schöne Mailänderin Maddalena Riggi kennen. Es entstand, bei Spiel und Englischlernen, eine „wechselseitige Gewogenheit". Maddalena war versprochen. Das Geschwätz machte Runde. Zwei Monate später löste der Bräutigam die Verlobung, und Maddalena wurde schwer krank. Im Februar 1788 begegnete Goethe ihr zufällig in der Kutsche Angelica Kauffmanns im römischen Karneval. Vor seiner Rückkehr nach Deutschland kam es noch einmal zu einer Begegnung. Eine Novelle um spontanes Aufflammen einer Liebesbeziehung, deren Zerstörung und einen Abschied zweier Menschen, die sich noch nahestanden.

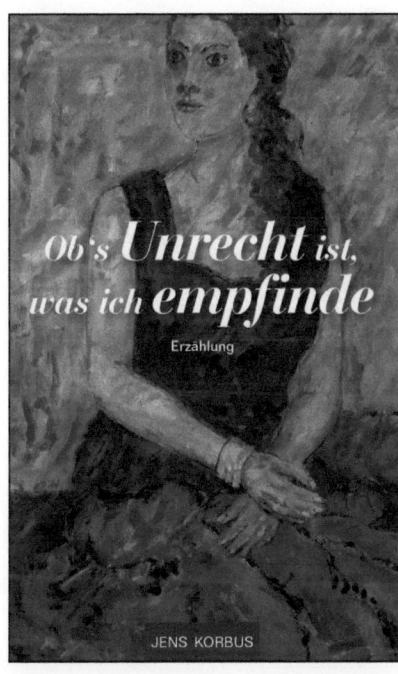

Jens Korbus
**Ob's Unrecht ist,
was ich empfinde**
Books on Demand
2015
ISBN: 978-
3743177857
60 Seiten
Preis 5,99 EUR

Charlotte von Stein war zehn Jahre lang die engste Freundin Goethes in Weimar. Bis die Beziehung nach seiner Italienreise zerbrach. Goethe sah sich mit ihr als „verheurathet" an. Sie war mit einem anderen verheiratet. Der Mönch Dietmar erzählt ihre Geschichte jenseits aller gängigen Klischees.

Jens Korbus
Deutsche Sommertage
Books on Demand
2016
ISBN:
978-3741207204
80 Seiten
Preis 5,99 EUR

Kurz nach der Wende, im Sommer 1990, sitzen in einem Vorort von Weimar ein paar Leute beim Frühstück, die alle „das neue Land" kennenlernen wollen. Es sind der Westdeutsche Sven mit seiner Freundin Johanna, die Zimmerwirtin Frau Kriesche, Hellinger, ein alter Wehrmachtssoldat und Hartmut, ein DDR-Bürger. Sie schwatzen und erinnern sich. Sven läuft mit seiner Freundin durchs Goethe-Haus und durch Weimar. Am Ende kitten die beiden sogar eine fast schon gescheiterte Ehe.